Eldon L. Knuth

AUF DEN SPUREN VON JÜRNJAKOB SWEHN

oder

Wer hat jene Briefe geschrieben?

MV Taschenbuch

Texterfassung und Vertrieb: Büro + Service GmbH Rostock
Herstellung: printmanufaktur, Dassow

ISBN 3-89954-148-0

INHALT

EINLEITUNG

Die zentrale Figur dieses Buches ist ein Auswanderer aus Mecklenburg, der in Iowa im Jahr 1868 ankam – in der Mitte der zweiten von drei Hauptauswanderungswellen von Deutschland. Im Alter von 20 Jahren wurde er durch eine Kombination wirtschaftlicher Möglichkeiten in Amerika und dem Wunsch, den Militärdienst in Mecklenburg zu vermeiden, motiviert, auszuwandern. Er beschrieb seine Erfahrungen in Briefen an seinen Lehrer in Mecklenburg, welche im Jahr 1917 in einem Buch [1] von einem Sohn des Lehrers herausgegeben wurden. Das Buch war gleich ein „Bestseller", inzwischen mit über einer Million Auflagen, verkauft es sich heute noch gut. Aber die Identität des Briefschreibers wurde hinter einem Pseudonym versteckt. Im jetzigen Buch ist enthüllt, wer jene Briefe geschrieben hat. Auch geschildert sind die glücklichen Bedingungen, die diese Enthüllungen ermöglicht haben. Ergebnisse von umfassenden Forschungen beschreiben die Lage seiner Familie in Mecklenburg, eine Lage, die sie zur Auswanderung getrieben hat, und dokumentieren die Erfahrungen seiner Familie im „Land der unbegrenzten Möglichkeiten".

Dieses Buch ist dokumentarisch: alle Namen, Orte, Daten und Ereignisse sind Tatsachen; nichts wurde geändert – und kein Romanmaterial ist eingebracht. Ich bin überzeugt, daß diese Geschichte gleichzeitig dokumentarisch und interessant sein kann. Die Kapitel des Buches, die diese Suche nach der Identität des Briefschreibers beschreiben, werden in chronologischer Ordnung präsentiert: zu Beginn sitzen meine Frau und ich 1976 am Frühstückstisch in Göttingen und denken über die Möglichkeit eines plötzlichen Besuches in der DDR nach, am Ende sitzen meine Frau und ich 2002 mit deutschen Freunden im Café des Schweriner Schlosses und erinnern uns an die (manchmal unerwarteten) Geschehnisse der vorhergehenden 26 Jahre.

Obwohl eine Bekanntschaft mit den Briefen im Buch von 1917 den Genuss des jetzigen Buches erhöhen würde, ist hier genug Hintergrund gegeben, so daß Sie diese Geschichte der Suche nach der Identität des Briefschreibers trotzdem genießen können, ohne die Briefe zu lesen. Dieses Buch ist vor allem für diejenigen Leser interessant, die Interesse an einer Auswanderung von Deutschland nach Amerika haben.

In den Vereinigten Staaten bilden die Einwohner deutscher Abstammung die größte ethnische Gruppe. Die meisten sind Nachkommen der mehr als 5 Millionen Deutschen, die zwischen 1683 und dem zweiten Weltkrieg eingewandert sind. Ein großer Teil stammt aus Norddeutschland; nach 1830 emigrierten die meisten über Bremen, an der Mündung des Flusses „Weser", und über Hamburg, an der Mündung des Flusses Elbe.

Die Auswanderer verließen Deutschland in Wellen, mit Höhepunkten entsprechend sozialer und politischer Krisen. Die Hauptwellen traten 1845-1858 (1.36 Millionen Auswanderer), 1864-1873 (1.04 Millionen Auswanderer) und 1880-1893 (1.78 Millionen Auswanderer) ein; das sind die Zahlen für Auswanderungen in alle Teile der Welt. Welche Motivation hatten so viele Leute, ihrem Heimatland den Rücken zu kehren und in fremden, fernen Ländern von Neuem anzufangen? Und welche Erfahrungen haben sie gesammelt?

Von 1683 bis ungefähr 1820 waren Auswanderungen aus Deutschland durch eine Kombination von religiösen und wirtschaftlichen Gründen, als Folge des Dreißigjährigen Krieges (1618-1648), motiviert. Der Hauptgrund nach ungefähr 1820 war für viele der Wunsch, ihre Lebensumstände zu verbessern – ein Wunsch, eine soziale Ordnung zu verlassen, die keine Hoffnung für ein besseres Leben bot – eine Chance, in einem „Land der unbegrenzten Möglichkeiten" von Neuem anzufangen. Eine zweite Motivation für manche jungen Männer war es, gleichzeitig die Militärpflicht zu vermeiden.

Die Hoffnungslosigkeit der Arbeiter war im Feudalsystem begründet. Unter diesem System waren die Leibeigenen im wesentlichen Sklaven der Gutsherren. 1820 war Mecklenburg das letzte Herzogtum, das die Leibeigenschaft aufgehoben hatte.

Aber das hatte den Arbeitern nicht geholfen. Obwohl die Leibeigenen danach frei waren, war der Gutsherr auch frei, die Arbeiter zu entlassen. Viele waren arbeitslos und hatten wenig Gelegenheiten sich auszubilden. Gewöhnlich besaßen sie nicht ihre eigene Hütte. Und ohne eine Wohnung wurde die Erlaubnis zu heiraten oft nicht gegeben. Die Arbeitslosen waren für die Regierung eine Belastung und oft gezwungen auszuwandern. 1846 war die Ernte sehr schlecht, in Deutschland und auch in Holland. Zwei Jahre später war die Revolution erfolglos.

Diese Lage der Arbeiter motivierte Fritz Reuter, sein sehr kritisches Werk „Kein Hüsung" 1857 zu veröffentlichen.

1845-1858 war die erste von drei großen Auswanderungswellen. Die Ruhepause 1858-1864 trat ein infolge der wirtschaftlichen Depression in Amerika 1857 und des amerikanischen Bürgerkrieges 1861-1865. Die folgende Auswanderungswelle 1864-1873 vollzog sich während drei Kriegen, die in Deutschland geführt wurden – 1864, 1866 und 1870-71. Die Ruhepause 1873-1880 hing mit der wirtschaftlichen Depression 1873-1879 in Amerika zusammen. Die dritte Welle, 1880-1893, die auch Polen und Juden umfaßte, erfolgte aus wirtschaftlicher Not und politischen Problemen, auch wegen billiger Überfahrtskosten. Der Niedergang der Auswanderung nach 1893 war größtenteils eine Folge der Industrialisierung Deutschlands.

Weil Mecklenburg das letzte Herzogtum war, das die Leibeigenschaft aufhob, ist es vielleicht keine Überraschung, daß die Auswanderung von Mecklenburg eine wichtigere Rolle gespielt hat als in anderen Herzogtümern. Nach 1850 war der Anteil der Einwohner, die Mecklenburg verlassen haben, auf dem dritten Platz hinter Irland und Galizien (heute Polen und Ukraine). Damals wanderte fast jeder dritte Mecklenburger aus – 88 % der Auswanderer waren vom Land.

Nun betrachten wir die Reisen der Auswanderer – die Wege, die Schiffe, die Erlebnisse. Die erste Auswanderung von Deutschland nach Amerika fand wahrscheinlich 1683 statt. Von William Penn eingeladen, reisten 13 mennonitische Familien von Bremen ab und siedelten sich in Germantown, Pennsylvania, an. Im nächsten Jahrhundert wuchs die Auswanderung verhältnismäßig langsam; die Auswanderer reisten meistens von Le Havre, Antwerpen, Amsterdam und Rotterdam ab. Eine merkwürdige Ausnahme war die Abreise 1776 von Bremen von 12.000 gedungenen hessischen Soldaten; im amerikanischen Befreiungskrieg kämpften sie auf der Seite der Briten. Nach dem Krieg entschieden sich viele dieser Soldaten (laut mancher Schätzungen, ungefähr ein Drittel), in Amerika zu bleiben – statt zurück nach Deutschland zu gehen.

Nach ungefähr 1830 reisten die Auswanderer nach und nach lieber von Bremen, statt von Le Havre, Antwerpen, Amsterdam und Rotterdam, ab. Die wichtigsten Gründe dieser Veränderung waren die Vollendung des neuen Hafens 1830 einschließlich verbindender Verkehrsmittel in Bremerhaven und die Verordnung für die Betreuung der Passagiere, 1832 in Bremen eingebracht. Laut dieser Verordnung mußten die Schiffe als seefest bescheinigt sein, eine Passagierliste vorlegen und bei der Abreise Lebensmittel für 90 Tage haben.

1850 war ein Auswandererhaus, das für 3.500 Auswanderer sorgen konnte, in Bremerhaven eröffnet worden. Zwischen 1849 und 1893 sind 40 % bis 50 % aller deutschen Auswanderer von Bremen aus abgereist. Zählt man alle Staatsangehörigkeiten zusammen, schätzt man, daß ungefähr 7 Millionen Auswanderer von Bremen in die Neue Welt abgereist sind.

Um konkurrenzfähig mit Bremen zu werden, brachte Hamburg 1837 eine Verordnung, ähnlich zur Verordnung in Bremen, ein – und gründete 1850 den Verein zum Schutze von Auswanderern. 1891 übertraf die Auswanderung über Hamburg die über Bremen. Auswanderungshallen, die für 5.000 Auswanderer sorgen konnten, waren 1901 erbaut und bis 1934 benutzt worden. Von 1850 bis 1934 sind fast 5 Millionen Auswanderer, 37 % Deutsche, über Hamburg gereist; 82 % hatten als Ziel die Vereinigten Staaten. Von 1850 bis 1940 gingen 25 % bis 30 % der Auswanderer nach Amerika von Hamburg aus. Ich habe gelesen, daß Auswanderer aus Mecklenburg meistens über Hamburg und daß Auswanderer aus Pommern meistens über Bremen gereist sind. Aber, im Clayton County, Iowa, wo ich groß geworden bin, waren die Einwanderer aus Pommern überwiegend von Hamburg abgereist.

Die meisten Auswanderer reisten direkt nach Amerika; andere reisten von Hamburg nach Hull, gelegen an der Ostküste von England, dann ging es per Zug nach Liverpool, wo sie ein Schiff Richtung New York nahmen. Bis früh in die 1890er Jahre hatte ungefähr ein Drittel der Auswanderer die indirekte Strecke genommen, die zwar langsamer, aber dafür billiger war.

Obwohl ein Schiff schon 1833 die Überfahrt meistens durch Dampfkraft realisierte, spielten Dampfschiffe keine wichtige Rolle bei den Auswanderungen bis in die 1850er Jahre. Für Ankünfte in New York: 1856 kamen weniger als 4 % der Auswanderer per Dampfschiff; 1865 kamen zum ersten Mal mehr per Dampfschiff als per Segelschiff und 1873 kamen weniger als 4 % per Segelschiff. 1879 reiste das letzte Segelschiff mit Auswanderern an Bord von Hamburg ab.

Mit einem Segelschiff dauerte die Reise von Hamburg nach Amerika gewöhnlich ca. 43 Tage. Spät im 19. Jahrhundert brauchten die Dampfschiffe 12 bis 14 Tage. Die Ozeandampfer, die 1900 eingesetzt worden waren, brachten diese Strecke in nur 7 bis 10 Tagen hinter sich.

Die Zeit, die die Auswanderer entweder in Bremen oder in Hamburg verbrachten, während sie oft bis zu sechs Wochen auf ein Schiff warteten, ist gewöhnlich keine Freude gewesen. Die Ortsansässigen nutzten die verhältnismäßig einfachen Auswanderer oft aus.

Aber die Zeit an Bord des Schiffes war die schlimmste. Besonders im frühen 19. Jahrhundert waren Überbuchungen und Krankheiten alltäglich. Typhus (Schiffsfieber), Cholera und Pocken waren üblich. Auf einer Reise sind z. B. mehr als 700 von 1.267 Passagieren gestorben – meist an „Schiffsfieber."

Um die Lage der Reisenden zu verbessern, fingen die Vereinigten Staaten 1819 an, den Transport von Passagieren durch verschiedene Gesetze zu regeln. So brachte 1848 der Kongreß ein Gesetz mit den folgenden Bedingungen ein: Für Schiffe, die mehr als 100 Passagiere transportieren, Ventilation des Zwischendecks; für Schiffe, die mehr als 50 Passagiere transportieren, ein Kochherd; für je 100 Passagiere eine Toilette und für jeden Reisenden wenigstens 14 Quadrat-Fuß, das sind ca. 1,3 Quadratmeter, Fußboden.

Obwohl diese Gesetze halfen, waren Überbuchungen und Krankheiten weiterhin üblich. Diese Auswanderer, einschließlich der zentralen Figur dieses Buches, die diese Reise trotz dieser schwierigen Lage gemacht haben, muß man bewundern.

LASS UNS SEHEN, WAS GESCHEHEN WIRD

Es war Samstag, der 12. Juni 1976. Meine Frau Margaret und ich saßen einander gegenüber am Frühstückstisch in der deutschen Wohnung, die in den letzten 9 Monaten unser Zuhause gewesen war. Wir beide wußten, daß es unser letztes Wochenende in Göttingen war. Mein Sabbatjahr, das ich beim Max-Planck-Institut für Strömungsforschung in Göttingen verbracht hatte, war sehr erfolgreich gewesen.

Ich hatte ein Forschungsthema gefunden, das für meinen Gastgeber und mich gleichermaßen interessant war. Das Thema war herausfordernd und ein Manuskript wartete darauf, an meine Sekretärin in UCLA geschickt zu werden. Ich hatte einen Vortrag bei einer Tagung am Bodensee gehalten und wir hatten bei einer Tagung der von Humboldt Gesellschaft – Sponsor meines Sabbatjahres – im Schwarzwald teilgenommen.

An den Wochenenden sind wir in alle Teile der Bundesrepublik gereist – auch eine Reise nach München zum Oktoberfest und eine Fahrt nach Berlin gehörten dazu. Während der Weihnachtsferien hatten wir genug von dem grauen Wetter, das typisch im Herbst für Göttingen war, und da haben wir eine Woche auf den kanarischen Inseln verbracht. Ostern besuchten wir das schöne Venezia.

Aber es sah nun so aus, als ob uns die Politik und der Bürokratismus einen Strich durch die Rechnung machen würden. Wir wollten die DDR besuchen. Für mich sollte es eine Pilgerfahrt in das Land meiner Vorfahren sein, für Margaret ein Abenteuer, passend zu ihrem „Zigeunerblut", werden. Um ein Visum und eine Unterkunft in Schwerin zu bekommen, hatten wir an ein Büro am Alexanderplatz in Berlin geschrieben – und waren angewiesen, unser Anliegen an ein Büro in Hamburg zu schicken. Das taten wir – leider erfolglos!

Am Donnerstag rief ich in Hamburg an und fragte nach. Am Telefon hatte es eine lange Pause gegeben, so als ob die Person am Telefon unsere Anmeldung suchen würde. Schließlich bekamen wir die Antwort – das Hotel Schwerin, übrigens das einzige Hotel, in dem „Ausländer" erlaubt waren, sei ausgebucht. Eine große Enttäuschung!!! Soweit wir wußten, könnte es meine letzte Reise nach Deutschland sein – meine letzte Chance, das Land, in dem Großvater und Großmutter aufgewachsen waren, kennenzulernen. Und – reisten wir nicht in den Osten – wie würden wir unser letztes Wochenende in Deutschland verbringen? Verzweifelt schlug ich vor: „Laß uns einfach an die Grenze fahren und sehen, was geschehen wird!"

Wir haben das Frühstück schnell beendet, genügend Gepäck für zwei Nächte zusammengepackt, unser Taschengeld überprüft, Landkarten für Norddeutschland gesammelt und die Reisepässe mitgenommen. Dann sind wir in Richtung des Grenzüberganges Horst bei Lauenburg losgefahren. Wir waren sehr unsicher – würden wir eine Erlaubnis für die Einreise bekommen? Falls ja, wie würde es in der DDR sein?

Zu Mittag haben wir in einer Gaststätte auf der westlichen Seite der Grenze gegessen – lieber dort, wo man sich wohl fühlt und willkommen ist!!! Mit dem Gastwirt kamen wir freundlich ins Gespräch und haben ihm von unseren Plänen und unseren Ängsten erzählt. Wir ließen ihn wissen, das von diesen Plänen keiner von unseren Freunden und Bekannten wußte – wie würden die Leute im Westen davon erfahren, wenn wir Probleme bekommen sollten? Der Gastwirt aber war sicher, daß alles gut gehen würde.

Unsere Angst erreichte ihren Höhepunkt an der Grenze. Weil wir weder Visum noch eine Unterkunft gebucht hatten, wurden wir aus der Warteschlange herausgenommen und in ein kleines Büro geführt. Aber unsere Ankunft ohne Visum und ohne Reservierung beunruhigte die Beamten offensichtlich nicht; solange wir einen Paß und Geld (Geld für das Visum, das Hotel und den zwangsläufigen Geldwechsel) hatten, waren wir wahrscheinlich willkommen. Allerdings erhöhte die Bedingung, daß wir unsere Pässe zeitweilig abgeben mußten, unsere Angst nochmals.

Eine Reservierung in dem Hotel Stadt Schwerin war kein Problem. Alles war innerhalb von zwanzig Minuten erledigt. Wir wurden mit Visum, Hotel-Reservierung, DDR-Geld und

Bild 1.1 – Blick auf den Parkplatz von unserem Zimmer im Hotel Stadt Schwerin. Der auffallende Größe und Bauart unseres 1966 Mercedes war unübersehbar und machte ihn zu einem verdächtigen Objekt während unseres Aufenthaltes in der DDR. Der Fahrer des Wagens auf der rechten Seite des Parkplatzes hat eine „kreative" Lösung für das äußerst knappe Parkplatzangebot in Schwerin gefunden. (Photo von E. L. Knuth, 1976)

Pässen – auch mit guten Wünschen für eine gute Reise in der DDR – auf unseren Weg geschickt. Warum war es vom Westen aus so schwer gewesen?

Nun kam ein neues, fremdes Gefühl auf. Es war klar, daß wir am Abend im Hotel Stadt Schwerin sein müssen, aber betreffend des Weges dorthin hatten wir gar keine Einschränkung erhalten. Wir gingen davon aus, daß wir den Weg dorthin selber wählen konnten. Oder wurden wir doch kontrolliert? Wir waren sicherlich sehr auffällig – mit einem großen, zehn Jahre alten Mercedes mit Göttinger Kennzeichen auf diesen Straßen unterwegs, wo sonst nur winzige und utilitarische DDR-Trabants und Wartburgs (Bild 1.1) zu sehen waren!

Das ganze Abenteuer erinnerte mich an ein Erlebnis damals, als wir von Berlin zurückkehrten. Es war spät in der Nacht, es war dunkel und es kam mir nach und nach so vor, als ob wir ganz allein auf der Autobahn fuhren – auf einer fremden Autobahn. Ein Trost in Gestalt eines Autos auf einem Rastplatz kam in Sicht. Der Fahrer erklärte, daß wir in Richtung polnische Grenze fuhren und daß wir umdrehen müßten. Der nächste Umkehrpunkt war allerdings noch sehr weit. Die Tankanzeige im Auto zeigte nur noch einen Viertel Tank, d. h., daß wir eventuell ein Benzinproblem bekommen könnten. Da die Fahrbahnen mit nur einem ebenen Rasenstreifen getrennt waren und kein Auto in Sicht war, brauchte ich nur über diesen Rasenstreifen umzudrehen und das Problem war gelöst. Kurze Zeit später bemerkte ich im Rückspiegel ein blaues, blitzendes Licht. Ich achtete nicht weiter darauf. Doch wenig später – eine Sirene. Die Polizei!

Ich hielt an und zeigte der Polizei meinen Paß und den Führerschein. Innerlich hatte ich die Hoffnung, daß mir der amerikanische Paß, der deutsche Name und mein gebrochenes Deutsch insgesamt helfen würden.

„Warum haben Sie bei dem Blaulicht nicht angehalten?"

„Ich wußte nicht, daß es für mich war."

„Und woher kommen Sie?"

„Aus Berlin."

„Nein – sie kommen aus Frankfurt."

„Nein – aus Berlin."

„Dann haben Sie umgedreht!"

„Ja, das habe ich."

„Das ist streng verboten!"

„Ich habe mich verfahren – und habe auch nur wenig Benzin im Tank."

„Und wohin möchten Sie?"

„Zur Grenze – nach Horst."

Der Polizist erklärte, daß wir nun immer geradeaus fahren müßten und wünschte uns eine gute Fahrt. Ich bedankte mich und fuhr erleichtert Richtung Grenze. Wir wunderten uns, wie umfassend die Polizei uns schon früher kontrolliert hatte.

Beim Empfang im Hotel mußten wir unsere Pässe zeitweilig abgeben. Nochmal Angst! Als wir unser Zimmer erreichten, hatten wir den Eindruck, daß die ganze Etage für „Ausländer" reserviert war. Wir fragten uns, ob das Zimmer kontrolliert wurde, ob vielleicht ein Mikrophon (eine Wanze) im Zimmer versteckt sei. Waren wir paranoid – oder waren wir realistisch?

Vom Zimmer aus hatten wir Ausblick auf den Parkplatz, auf dem unser Mercedes stand. Unser Auto war sehr auffällig wegen seiner Größe gegenüber den Trabants und Wartburgs. Ein paar Menschen bestaunten das Fahrzeug und waren wahrscheinlich fasziniert. Ich fragte mich, ob der Mercedes-Stern diese Reise überleben würde. (Der Stern überlebte sie!). Wir entschlossen uns, eine kurze Rundfahrt zu machen, um Schwerin kennenzulernen. Nach kurzer Zeit fand Margaret, daß sie durstig war, und so hielten wir bei einer Gaststätte an. Wir waren die einzigen Gäste; keine Chance für Kontakt mit Ortsansässigen. Weil das Wetter sehr schön war, saßen wir draußen – fast so wie in einem Garten. Als wir fertig waren, bummelten wir zurück zum Auto. Da standen zwei Leute, die unser Auto bestaunten – eine Großmutter (Frau Ode) und ihr Enkelsohn (Andreas). Genauer gesagt, Andreas besichtigte es und erzählte Oma alles darüber. Nach einer kurzen Unterhaltung erwähnte Frau Ode, daß Herr Ode nebenan im Schrebergarten sei. Sie fragte, ob wir nicht Lust hätten, ihn zu treffen und den Schrebergarten zu besichtigen. Wir taten dies sehr gerne, eine Chance für einen weiteren Kontakt!

Der Garten war nur fünf Minuten entfernt. Er war einer von mehreren Gärten, alle schön bepflanzt und sehr fruchtbar. Herr Ode war groß, starkknochig und freundlich – sein Händedruck war der eines Mannes, welcher viel Handarbeit gemacht hatte. Der Mittelpunkt des Gartens war eine Gartenlaube, klein, aber gemütlich. Es gab Elektrizität, Wasser und zwei Schlafplätze. Ein kleiner Schwarz/weiß-Fernsehapparat ermöglichte Programme vom Westen. Herr Ode vertraute mir an, daß diese Wasseranlage nicht erlaubt sei, aber daß der Sohn es trotzdem arrangiert hätte. Hier könnten sie sich ausruhen, entfernt von den achtsamen Augen und Ohren der Stadt. Außerdem sagte er – mit ein wenig Stolz in der Stimme – daß er nun sagen könne, was er wolle. Er war im Ruhestand und der Staat könne ihm nicht mehr viel anhaben.

Unsere Gespräche waren offen und aufrichtig. Ich habe in diesen Gesprächen meine Herkunft beschrieben; obwohl ich nun in Kalifornien wohnte, war ich in Iowa aufgewachsen – in einer Gegend, wo viele Farmer eine mecklenburgische Herkunft hatten. Ich erwähnte, daß die Farmer ihre Gebäude und Höfe gut erhalten hätten – die Gebäude sahen fast immer aus, als ob sie frisch gestrichen wären. Ich äußerte, daß meiner Ansicht nach in Mecklenburg viele Gebäude frische Farbe bräuchten. Was ist passiert? Herr Ode antwortete, daß die Qualität der Farbe inzwischen so schlecht sei, daß das Anstreichen nutzlos wäre. Die Produkte mit höherer Qualität gingen nach Russland.

Ich bemerkte, daß das Gartenhaus aussehe, als wäre es neulich gestrichen worden. Herr Ode erklärte, daß sein Sohn die Farbe von einer Reise nach Hamburg mitgebracht hätte. Er bekräftigte diese Erklärung mit zwei unvergeßlich düsteren Darlegungen: „Wir haben unsere Kultur verloren!“ und „Wir sind nun arm!“

Am Abend wählten wir ein Restaurant in der Nähe aus, obwohl Abendessen auch im Hotel möglich gewesen wäre. Wir wollten ein örtliches Restaurant erleben. Das Restaurant empfanden wir als trüb – jeder blieb für sich allein – keine Gespräche zwischen den Tischen. Nach dem Essen bummelten wir durch die Nachbarschaft, um die Schönheiten der Natur, wie den Pfaffenteich, und die Kehrseite des Systems, die grauen farblosen Gebäude aufzusaugen.

Dann, statt zurück zum schmucklosen Zimmer ins Hotel zu gehen, haben wir uns im Foyer des Hotels entspannt. Trotz der Angst, daß Kontakte mit DDR-Bürgern nicht erlaubt seien, hatte ich ein Gespräch mit einem freundlichen Ortsansässigen angeknüpft. Es war ein Bediensteter des Hotels, der mir später mitteilte, daß er Feierabend von der Tätigkeit im Restaurant des Hotels hatte. Er stellte sich als Johannes vor und fragte, was für ein Interesse ich an Schwerin hätte. Ich erklärte, daß ich in einer Gegend in Iowa geboren und aufgewachsen bin, wo die Bewohner meistens entweder Einwanderer aus Mecklenburg oder Nachkommen dieser Einwanderer waren. Viele meiner Vorfahren stammten aus Dörfern in der Nähe von Ludwigslust.

Johannes fragte, ob ich das Buch „Jürnjakob Swehn“ gelesen hätte. Weil ich nie davon gehört hatte, holte er einen Freund, der in der Küche beschäftigt war, herbei. Dieser erklärte enthusiastisch, das Buch enthielte Briefe von ehemaligen Schülern, die nach Iowa ausgewandert waren, an einen Schullehrer (Gottlieb Gillhoff) in Glaisin, einem Dorf in der Nähe von Ludwigslust. Er war sich sicher, daß ich das Buch sehr interessant finden würde.

Aber dieses Buch gab es in der DDR nicht zu kaufen. Das Exemplar, das er gelesen hatte, war „immer“ in der Familie gewesen. Vielleicht hätten die Behörden Angst vor Geschichten aus einem Land, welches Staatsbürger aus der DDR nicht besuchen dürfen und wo vieles möglich ist!

Seitdem habe ich auch gehört, daß im Dritten Reich gewisse Kapitel (z. B. „Am Sterbebett der Mutter“ und „Jürnjakob, das ist Heimweh“) im Vergleich mit anderen Kapiteln gefördert wurden.

Zu meiner Überraschung erwähnte Johannes, daß ein bißchen später in einer nahen Wohnung eine kleine Party stattfinden würde und ob wir teilnehmen wollten. Trotz unserer ständigen Angst, daß solche Kontakte nicht erlaubt seien, sagten wir mit Freude zu und sahen diese Einladung als eine große Gelegenheit, „den Mann von der Straße“ zu treffen. Als noch weitere Mitarbeiter Feierabend hatten, gingen wir gemeinsam zur Party, die ein paar Straßen entfernt stattfand.

Wir gingen einige Treppenfluchten hoch und uns wurde Brot, Käse und Wein angeboten. Wie viel davon kam aus dem Hotel? Auch jemand von der Filmindustrie war zu Gast. Wie offen dieser Gast und Johannes die Regierung kritisierten, war für mich eine Überraschung. Irgendwann überreichte mir Johannes seine Visitenkarte, auf der seine Wohnungsadresse geschrieben stand. Am Ende der Party haben wir uns mit der Hoffnung auf ein Wiedersehen – irgendwann und irgendwo – verabschiedet.

Am Montag, als wir bereit waren, aus Schwerin wegzufahren, haben wir uns von den Ode-Großeltern verabschiedet. Wir sind Freunde geworden; sie schenkten uns als Andenken eine geschnitzte Schmuckplatte, auf der das Schloß Schwerin abgebildet war, und einen Strauß Blumen aus dem Schrebergarten. Als wir fortgingen, bat Frau Ode, offensichtlich tief betroffen, „bitte, vergeßt uns nicht!“ Ich hatte das Gefühl, daß sie damit alle Menschen in der DDR gemeint hatte.

Am Stadtrand hielten wir bei der Post an, um Ansichtskarten zu verschicken. Während Margaret zur Post ging, blieb ich im Auto. Ich war gewillt, eine bleibende Erinnerung an die schönen Blumen zu machen, und zwar, während sie noch frisch waren. Also legte ich sie auf das Instrumentbrett im Auto und photographierte sie. Sogleich erschien ein Mann am Fenster und fragte mich, warum ich die Fabrik photographiert habe. Ich erklärte ihm, daß ich die Blumen und nicht die Fabrik photographiert hatte. Er bestritt es, sagte, daß ich doch die Fabrik photographiert hätte und ich nicht mehr photographieren und gleich abfahren sollte. Erst dann bemerkte ich die Fabrik, ein landwirtschaftlicher Betrieb für Düngemittel.

Margaret kam von der Post zurück, und wir fuhren in Richtung der Grenze ab.

Das Buch

Zurück in der Bundesrepublik, fragte ich nach dem Buch und war enttäuscht, daß es vergriffen war. Aber ich fragte ständig, und zwei Jahre später wurde meine Geduld belohnt. Als die erste von mehreren Taschenbuch-Ausgaben erschien, habe ich ein Exemplar gekauft [1]. Als ich gute Freunde, die Familie Bossel, auf das Buch aufmerksam machte, forderte mich Liz mit der Bemerkung heraus, daß sie stolz wäre, wenn ich das Buch auch zu Ende lesen würde. Ich „biß“ an und in den folgenden Monaten las ich das Buch so schnell es mir durch meine Arbeit und den Schreibstil des Buches möglich war.

Als eine bezaubernde Eigenschaft des Schreibstils fiel Swehn ab und zu ins Mecklenburger Platt. Obwohl wir zu Hause Mecklenburger Platt gesprochen hatten, hatte ich es schon vor langer Zeit verlernt. Aber ich war überrascht, wie viel Platt das Buch aus dem Unterbewußtsein hervorrief. Das Buch habe ich doch sehr faszinierend gefunden.

1917 war das Buch veröffentlicht worden und sodann gleich erfolgreich. Es erschien zuerst als Serie in der Täglichen Rundschau Berlin. 1919, trotz des Weltkrieges (oder hatte der Krieg dem Verkauf geholfen?), waren schon mehr als 100.000 Exemplare verkauft. Es wurde ebenfalls als Serie in deutschsprachigen Zeitungen in den USA veröffentlicht. Laut der Ausgabe 1982 waren schon 545.000 festeingebundene Exemplare und 29.000 weicheingebundene Exemplare verkauft. Übersetzungen auf norwegisch, dänisch, holländisch und (unlängst) auch englisch sind vorhanden.

1987 hatte ich die Freude, einen Vortrag „Jenseits der DDR Grenze“ auf einem Iowa Genealogical Society Seminar in Clayton County, Iowa, zu halten. Ich beschrieb mit Hilfe von Dias unsere Reisen in die DDR, besonders unsere Reise 1986 nach Mecklenburg und Vorpommern. Am Schluß fragte ich, wie viele Leute von dem Buch gehört hatten. Obwohl beinahe 200 Leute anwesend und fast alle in Iowa aufgewachsen waren, hatte trotz des lebhaften Interesses in Genealogie nicht einer von dem Buch gehört. Weiterhin, und leider, können auch die meisten Nachfahren von deutschen Einwanderern schon lange nicht mehr deutsch sprechen und lesen. Diese Unbekanntheit des Buches ist nun berichtigt durch die Veröffentlichung der englischen Übersetzung [2] im Jahr 2000.

Gottlieb Gillhoff, der Vater des Buchautors, wurde 1832 in Glaisin geboren und ist 1915 in Bremen gestorben [3]. Er war Schullehrer in Glaisin von 1854 bis 1908. Der Sohn und Autor des Buches, Johannes Gillhoff, wurde 1861 in Glaisin geboren und starb 1930 in Parchim [4].

Die Tätigkeit des Vaters an der Schule erstreckte sich ganz und gar über die Zeitspanne der großen Auswanderung von Mecklenburg nach Amerika. Hartmut Brun [5] schreibt, daß während der Tätigkeit des Vaters mehr als 350 Personen von Glaisin ausgewandert sind und daß der Vater mit mehr als 250 von diesen im Briefwechsel stand.

Obwohl mehr als 80 Jahre vergangen sind, seit die erste Ausgabe von „Jürnjakob Swehn, der Amerikafahrer“ gedruckt wurde, ist

***Bild 1.2** – Evangelisch-lutherische Kirche in Eldena, Mecklenburg. Die Bewohner von Glaisin, also auch Jürnjakob Swehn und seine Familie, gingen hier zur Kirche. (Photo von E. L. Knuth, 1986)*

das Interesse für Jürnjakob Swehns Leben und Zeit unablässig geblieben. Tatsächlich hat sich während der letzten Jahrzehnte das Interesse erhöht. Die Taschenbuch-Version des Buches, zuerst 1978 erschienen, ist wenigstens in der 16. Ausgabe. Ein Symposium „Jürnjakob Swehn: Wahrheit und Legende," fand im Frühling 1993 bei der Europäischen Akademie am Müritz-See in Mecklenburg-Vorpommern statt [6]. Und Swehn war der Mittelpunkt der Internationalen Fachtagung zur Migrationsgeschichte, Juni 1998 in Glaisin unter der Förderung der Johannes-Gillhoff-Gesellschaft gehalten. Sucht man auf der Homepage der Schweriner Volkszeitung (http://www.svz.de) für „Swehn" das Archiv durch, weist es 8 Artikel aus einem Zeitraum von 4 Jahren auf. Diese Artikel handeln von Aktivitäten und Veröffentlichungen, die durch das Buch motiviert worden sind.

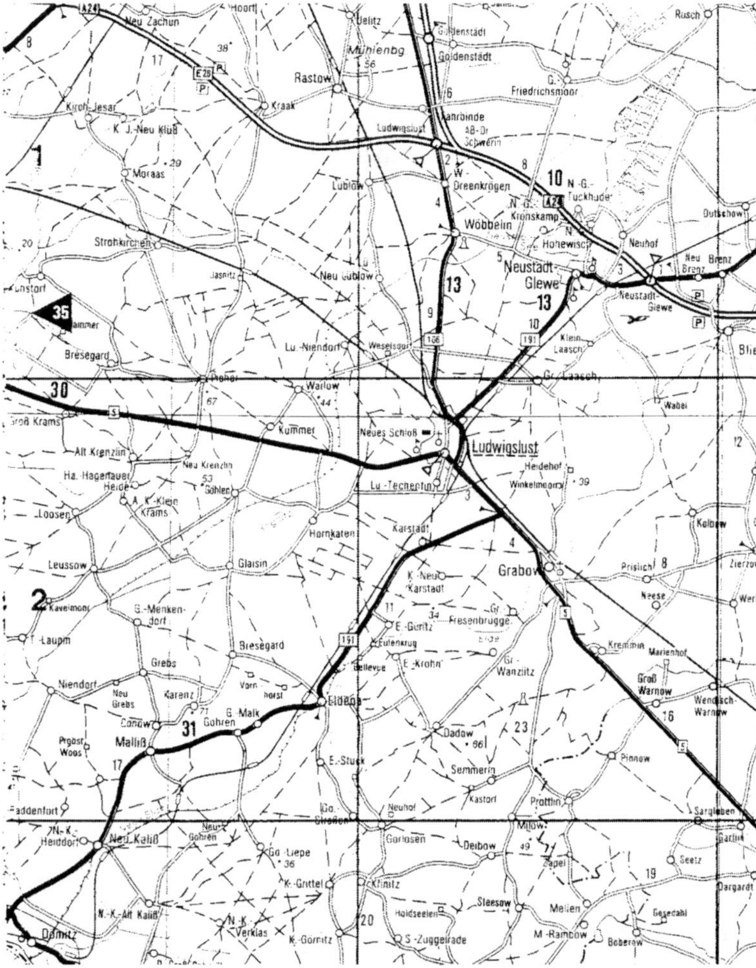

***Bild 1.3** – Karte der Gegend von Deutschland, wo Jürnjakob Swehn vor seiner Auswanderung nach Amerika lebte. Er war in Bellevue geboren, ging in Eldena zur Kirche und wanderte von Glaisin aus. (Landkarte 1:250000 aus dem Auto Atlas Deutschland-Europa. Neuilly, Frankreich: Novo Auflagen, 1992)*

Swehns Hintergrund

Der Grund der Auswanderung des Jürnjakob Swehn nach Amerika war typisch für Tausende, die damals auswanderten. Sein Vater war ein Tagelöhner, er konnte auf regelmäßige Arbeit und Bezahlung nur während der Ernte hoffen. Jürnjakob war ebenfalls Tagelöhner und erwartete, wäre er in Mecklenburg geblieben, und egal wie tüchtig er oder seine Kinder arbeiten würden, daß er und seine Kinder lebenslänglich Tagelöhner bleiben würden. Er hatte kaum eine Chance, sein eigenes Häuschen zu besitzen. Er schrieb, daß er drei Jahre als Tagelöhner bei Hannjürn Timmermann gearbeitet hatte, um genug Geld (29 Thaler) für die Überfahrt nach Amerika zu verdienen. Als er arbeitete, träumte er vom „Freisein" und auf „seinem eigenen Boden" zu stehen.

Jürnjakob schrieb auch, daß seine Familie in Mecklenburg in einer Strohkate am Rand des hufeisenförmigen Dorfes Glaisin gewohnt hat. (Bild 1.2 s. S. 22 und Bild 1.3 s. S. 23). Es bestand aus zwei Zimmern, einer Stube und einer Kammer. Die Stubendecke war so niedrig, daß ein großer Mann sich krümmen mußte, um zu vermeiden, mit dem Kopf gegen die Balken zu stoßen – wenn er nicht auf einem der niedrigen Plätze des Fußbodens stand. Der Fußboden bestand aus Lehm vom Püttberg. Sonntags sah er schön aus, nachdem die Mutter weißen Sand gestreut hatte. Die Kartoffeln waren unter einem Bett in der Stube gelagert; dort würden sie im Winter nicht erfrieren. Unter dem Bett gab es auch Platz für ein Ferkel. Die Wände waren aus Staken, die mit Stroh verwoben waren und wo eine Mischung aus Lehm und geschnetzeltem Stroh auf beiden Seiten übergeworfen wurde. Der Wind kam durch die Wände und im Winter lehnten sie Strohbündel gegen die Wände, so daß der Schnee draußen und die Wärme drinnen bleiben sollte. Es gab nur vier Fenster, eins davon war zerspaltet, soweit sich Jürnjakob zurück erinnern konnte. Der Ofen war aus Backsteinen gemauert und mit Lehm überworfen; das Feuerholz kam vom naheliegenden Wald. Die Möbel waren selbstgemacht; an den Wänden hing ein Spiegel (ein Teil der silbernen Beschichtung fehlte), sowohl Christus am Kreuz als auch die heilige Genoveva.

Die Überfahrt

Die Reise von Glaisin nach New York ist im Kapitel „Die Überfahrt“ beschrieben. Er ging zu Fuß nach Hamburg und reiste auf einem Frachtdampfer nach Grimsby, England. Laut Jürnjakob reiste er von Hamburg am 20. Juli 1868 ab. Am ersten Tag wurde es nachmittags so stürmisch, daß alle Passagiere unter Deck mußten. Alle wurden seekrank! Abends wurde das Wasser ruhiger, aber wegen dem Gestank der 85 Ochsen saß Jürnjakob die ganze Nacht auf dem Deck. Von Grimsby nach Liverpool fuhr er mit der Eisenbahn. In Liverpool mußte er auf ein Segelschiff warten; er hatte nicht genug Geld, um mit dem Dampfschiff zu fahren. Ein Segelschiff fuhr nur jede zweite Woche.

Er beschrieb ausführlich das Unbehagen, welches ihn auf der Reise von Liverpool nach New York überkam. Es gab wenig Trinkwasser, schlechtes Essen (einschließlich Würmer im Fleisch), Krätze, Wanzen und Läuse. Aber am 18. Tag, als er freiwillig den Helfer des Koches, der erkrankt war, ersetzte, ist das Essen viel besser geworden. Die Überfahrt von Liverpool nach New York dauerte 7 Wochen und 2 Tage, so daß sie wahrscheinlich in der Mitte des Septembers in New York angekommen sind.

Jürnjakob arbeitete ungefähr einen Monat in der Nähe der Stadt New York, um Geld für die Fahrt nach Iowa zu verdienen. Weil er die Werkzeuge und Bräuche der Farmer nicht kannte, dazu noch recht unbefangen und naiv war, war es ein langer Monat. Die Menschen haben ihn wenigstens zweimal betrogen und ihn wenigstens dreimal bestohlen. Unterwegs zurück nach New York City versprach er sich selbst, daß ihn nie wieder jemand ausnutzen würde. Mit nur einem Dollar in der Tasche kam er am Hafen an. Ob zufällig oder geplant, waren andere Leute von Glaisin, namentlich Schröder, Schuldt, Timmermann, Düde, Saß, Wiedow, Völss und Brüning, ebenfalls dort angekommen. Sie fuhren nach Iowa ab und für diese Reise borgte Schröder ihm das Geld.

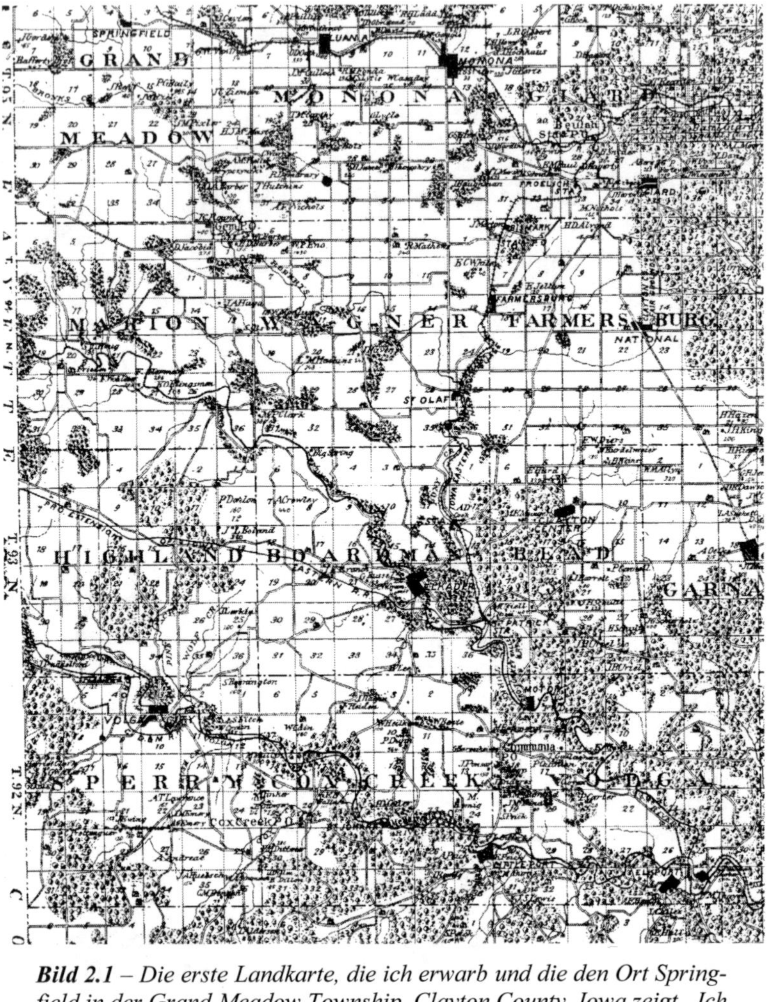

Bild 2.1 *– Die erste Landkarte, die ich erwarb und die den Ort Springfield in der Grand Meadow Township, Clayton County, Iowa zeigt. Ich selbst bin in der Nähe von Luana, sieben Meilen östlich von Springfield, aufgewachsen. (Landkarte von A.T. Andreas, Historischer Atlas des Staates Iowa. Chicago: Andreas Atlas Co., 1875)*

EIN WETTLAUF, DIE IDENTITÄT DES BRIEFSCHREIBERS ZU ERMITTELN

Folgende Briefe im Buch beschreiben Jürnjakobs Erfahrungen in Iowa. Als ich die Briefe im Buch las, schien es, als ob sie die Leute und die Gegend, wo ich großgeworden bin, beschrieben; die Familiennamen Brüning, Folgmann, Jahnke, Klüss. Krüger, Meier, Miller, Sass, Schneider, Schröder, Schuldt, Schmidt, Timmermann und Völss waren mir bekannt. Auch ein Dorf Springfield existierte früher zehn Kilometer von meiner Heimat entfernt. (Bild 2.1 und 2.2)

Bild 2.2 *– Ein Schild an der Strasse auf der Ostseite von Postville, Iowa, erinnert an den heute nicht mehr existierenden Ort Springfield. (Photo von E. L. Knuth, 1998)*

Ich war überzeugt, daß wenigstens ein Briefschreiber aus dieser Gegend kommen mußte. Aber leider war der Name Swehn unbekannt und ist in der Volkszählung von Iowa nicht zu finden – wenigstens nicht in den Jahren von 1870 bis 1900. Dann verfolgte ich verschiedene Ideen und habe die Profile verschiedener Familien in Clayton County, einschließlich des Profils meines Urgroßvaters, Wilhelm Oldag, nachgesehen.

Wilhelm Oldag war ein Farmer, wohnte in der Nähe von Springfield, hatte eine Tochter Bertha und einen Sohn, der die Universität Iowa besucht hatte und ein bekannter Arzt geworden war. Aber kein Profil davon paßte zu Jürnjakob Swehn.

Nach und nach, und über mehrere Jahre hinweg, erfuhr ich, daß auch andere Leute auf den Spuren von Jürnjakob Swehn waren – und daß sie auch Schwierigkeiten hatten. Auf dieses Dilemma machte ich 1988 zwei Freunde, Franz Schubert und Günther Schröder, in Göttingen aufmerksam. Sie waren enthusiastische Familienforscher mit besonderem Interesse an Mecklenburg, aber leider sind beide nun verstorben.

Sie haben mich auf Literatur [5, 7-9] aufmerksam gemacht, die Swehn und den Autor des Buches (Gillhoff) betrifft. Die Literatur bestätigt, daß der Name Swehn ein Pseudonym ist, daß mehrere Leute nach Swehn geforscht hatten, und daß niemand eben einen Briefschreiber mit Sicherheit identifiziert hatte.

Mehrere Jahre später erfuhr ich, daß Anfangspunkte, betreffend der Identität des Hauptbriefschreibers, schon 1930 veröffentlicht worden waren. In seiner Veröffentlichung „Aus Johannes Gillhoffs letztem Jahr“, schreibt H. K. A. Krüger, ein Freund von Gillhoff, über Gespräche mit ihm. Laut Gillhoff: „Ein Wiedow, den ich Swehn getauft habe, war der eifrigste Briefschreiber. Wieschen, seine Frau, war mehrere Jahre bei uns Mädchen gewesen. Als ich seine Briefe i. J. 1899 hier nach Parchim her erhielt, da packte mich gleich die Stelle, wo er vom Pflügen im Busch erzählte. Der Mann hat das, sagte ich mir, was Tausende von Schriftstellern vergeblich suchen, einen eigenen Stil, anschaulich und naturfrisch, er hat offene Augen, kann erzählen und büßt hiervon auf dem Wege vom Gehirn zum Papier nichts ein ... Es ist aber doch eigenartig, daß keiner der ersten Kritiker, als schon über 50.000 Bücher verkauft waren, die Haupteigenschaft des Jürnjakob entdeckt hat: er kommt sein ganzes Leben aus dem Staunen nicht heraus. Das ist mir gleich in den Originalbriefen aufgefallen. Da reden die Kritiker immer von der Anschaulichkeit der Darstellung, bemerken aber nicht, daß der Schwerpunkt des Werkes in der Persönlichkeit des Jürnjakob liegt.“ 1929 gefragt, ob Jürnjakob noch lebte, antwortete Gillhoff: „Nein. Er ist 1915 gestorben. Wieschen lebt aber noch, bei ihrem Sohn, dem Arzt. Sie hat der Gemeinde Eldena noch zu ihrer Siebenhundertjahrfeier gratuliert, und der Glückwunsch ist auch von der Kanzel verlesen worden.“ (Bemerkungen: Carl Wiedow ist 1913 gestorben; Elisabeth wohnte 1929 bei ihrer Tochter, Bertha.)

1977 hat Werner Schnoor [8] von Erinnerungen des Otto Theeß, einem ehemaligen Studenten Gillhoffs, geschrieben: „Von dem alten Theeß in Glaisin war auch zu erfahren, daß Jürnjakob Swehn eigentlich Wiedow hieß. Gillhoff habe ihn Swehn genannt, weil sein Vater Schweinehirte war. Swehn heißt Schweinehirte. Das Gehöft, von dem aus Jürnjakob ausgezogen ist, habe vor dem Dorf am Weg nach Menkendorf gelegen. Es habe dem Bauern Timmermann gehört, bei dem Jürnjakob als Knecht diente. Heute ist nur noch an den Ruinen zu erkennen, daß dort einst Häuser standen.“

Auch Hartmut Brun [5], Autor mehrerer Bücher über Johannes Gillhoff und Johannes-Gillhoff Preisträger 1990, schrieb 1986, daß Johannes Gillhoff kurz vor seinem Tod enthüllt hatte, daß Swehn ein Wiedow war und daß er aus demselben Dorf wie Gillhoff stammte. Diese Angaben deuten an, daß, obwohl es vielleicht mehrere Briefschreiber gab, vieles im Buch von einem einzigen ist. Hartmut Brun [5] hatte die Datei in Deutschland untersucht, aber nur das Auswanderungs-Consens von 1870 für Joachim Wiede, seine Frau Sophie und die jüngsten Kinder, Johann und Anna, gefunden. Weil dieses Profil auf Jürnjakob nicht gepaßt hatte, suchte Brun weiter und empfahl, daß Swehn vielleicht Johann H. C. Jalaß, auch aus Glaisin, war. Aber, zwei Jahre später, in seinem definitiven Lesebuch [9], vermied Brun diese Frage.

Ein Brief vom 10. Januar 1990 von Walter Kamphoefner, Professor an Texas A&M mit Interesse an Einwanderungsgeschichte, an Hartmut Brun bestätigt, daß Kamphoefner und Brun spät in den 1980er Jahren bei der Suche nach der Identität des Jürnjakob Swehn zusammengearbeitet haben. (2000 besorgt Kamphoefner mir eine Kopie.)

In der US Volkszählung 1880 hatte er eine Familie John Viedow, wohnhaft in Garnavillo Township, Clayton County, Iowa, gefunden. Aber auf diese Familie paßte auch nicht Jürnjakobs Profil. Er hatte keine Ahnung, wie nah er der Lösung des Rätsels gekommen war!

Im Frühjahr 1993 fand eine Tagung, „Jürnjakob Swehn: Wahrheit und Legende“, am Müritz-See statt [6]. Erhard Böttcher berichtete, daß er im Sommer 1992 in Iowa Nachkommen des Jürnjakob Swehn gesucht hatte, weit gereist war und gar nichts gefunden hatte. Er schrieb mir neulich, er wußte damals nicht, daß Swehn ein Pseudonym war.

Ungefähr 1996 hat ein Soziologiestudent der Freien Universität Berlin, namens Kai Brauer, verspätet und von kurzer Dauer den Wettlauf mitgemacht. Als Teil seiner Doktorarbeit studierte er die Struktur der Farmerfamilien in Mecklenburg und in Iowa. Er besuchte Iowa zweimal – 1996 und 1997 – und wollte ermitteln, ob Gillhoffs Buch auf Wirklichkeit begründet war oder (wie viele Leute glaubten) es ein „reiner“ Roman ist. Von seinem ersten Besuch wurde in der Ausgabe der Pioneer-Republican vom 12. September 1996 berichtet, sein zweiter Besuch ist in der Ausgabe des Des Moines Sunday Register vom 28. September 1997 registriert. Er war besonders bewegt, als er im Kirchenbuch von Victor, Iowa, die Bemerkung las, daß der Einwanderer Johann Joachim Jalass „von einem Eisenbahnzug getötet“ wurde. Diese Bemerkung bestätigte die Beschreibung dieses Unfalls in Gillhoffs Buch. Obwohl er den Briefschreiber nicht ermittelt hatte, motivierte mich seine Teilnahme, meine Entdeckungen etwas früher zu veröffentlichen.

Im Herbst 1996 besuchte Udo Baarck (von Glaisin) Iowa anläßlich des 150. Jahrestages des Staates Iowa. Er brachte ein großes Interesse an der Auswanderung von Glaisin nach Iowa und Kopien von alten Briefen mit, die von der Familie Fründt in Victor, Iowa, an Verwandte in Glaisin gesandt worden waren. In Victor traf er Valerie Hansen und Bill Kuesel, Nachkommen der Familien Fründt und Köhn von Glaisin.

Am Friedhof St. John's in der Nähe von Victor sah er Familiennamen, die zu vielen der Namen in Gillhoffs Buch paßten. Ein Vergleich von Geburtsdaten mit denen im Eldenaer Kirchenbuch bestätigte, daß viele von jenen, die bei St. John's begraben sind, wirklich in Glaisin geboren wurden. Aber er hat niemanden mit Jürnjakob Swehn identifiziert.

Man sieht, daß die Suche nach der wahren Identität des Jürnjakob Swehn ein Wettlauf geworden war – obwohl manche der Teilnehmer von anderen Teilnehmern keine Kenntnis hatten.

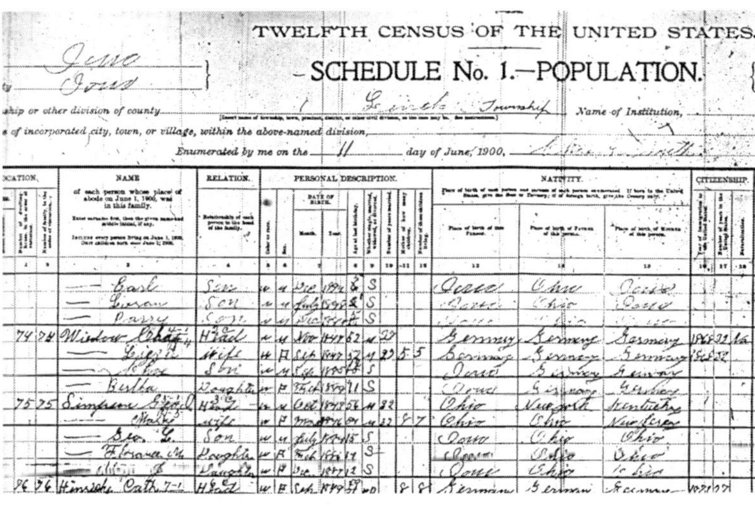
TWELFTH CENSUS OF THE UNITED STATES.

SCHEDULE No. 1.—POPULATION.

Bild 3.1 – *Seite der US-Volkszählung im Jahre 1900, Lincoln Township, Iowa County, Iowa mit dem Eintrag von Chas. und Lizzie Wiedow mit Kindern Chas und Bertha.*

SWEHN WAR WIRKLICH EIN WIEDOW

Als wir die letzte Woche im Mai 1988 nach Kalifornien zurückkehrten, war ich begeistert und bereit, die Familien Wiedow zu erforschen. Das Ziel war, Unterlagen einer Familie Wiedow zu finden, die zu dem Profil der Familie Jürnjakob Swehn im Buch paßten.

Kennzeichen dieser Familie Swehn waren: Einwanderung von Jürnjakob 1868 mit 19 Jahren von Glaisin (Mecklenburg) nach Iowa, Heirat mit Wieschen Schröder (auch von Glaisin), und wenigstens drei Kinder. Der älteste Sohn, Heinrich, studierte in Iowa City und in Deutschland, ist Arzt geworden, war mit Cora verheiratet und hatte einen Sohn namens Charly. Der jüngste Sohn, der schließlich die Farm übernahm, unterschrieb seinen Brief im Buch mit Hans. Eine Tochter, bei Jürnjakobs letztem Brief, war noch nicht verheiratet, sie unterschrieb ihre Briefe mit Berti.

Trotz der Arbeit (einschließlich der Post von sechs Wochen), die auf mich gewartet hatte, nahm ich mir Zeit, das Family History Center (oft The Mormon Library genannt) zu besuchen. Der Anfangspunkt für die Suche war der US Census (die Volkszählung) für Iowa.

In der Volkszählung 1870 (die erste Volkszählung nach Jürnjakobs Einwanderung 1868) gab es in Clayton County drei Einträge mit Varianten des Namens Wiedow – ein John Veto mit Frau und zwei Kindern, noch ein John Veto mit Frau und zwölf Kindern, und ein Henry Wedor, 15 Jahre alt und in Iowa geboren. Niemand paßte zu Jürnjakobs Profil – eine Enttäuschung!

Aber in der Volkszählung von 1880 gab es einen Wiedow in Clayton County, der 1870 nicht eingetragen war – einen Carl Wiedow mit Frau Elisa und drei Kindern, Henry, Mary und Elisa. Er war Farmer, 32 Jahre alt und gebürtig in Mecklenburg. Könnte er Jürnjakob sein? Vielleicht, aber ich brauchte Bestätigung.

Die Volkszählung von 1890 existiert in Wirklichkeit heute nicht mehr; durch eine sehr unglückliche Reihenfolge von Ereignissen ist fast die ganze Volkszählung vernichtet worden. Zuerst wurde sie bei einem Brand vom 10. Januar 1921 im Handelsgebäude in Washington, D. C. beschädigt – die Beschädigung verschlimmerte sich, weil die Volkszählung außerhalb des Gewölbes gelagert war. Dann im Dezember 1932 wurde die Vernichtung der beschädigten Volkszählung, wahrscheinlich durch einen Fehler, vom Kongreß gebilligt. Heute existieren Unterlagen nur für 6.160 Personen – aber keine von Personen in Iowa.

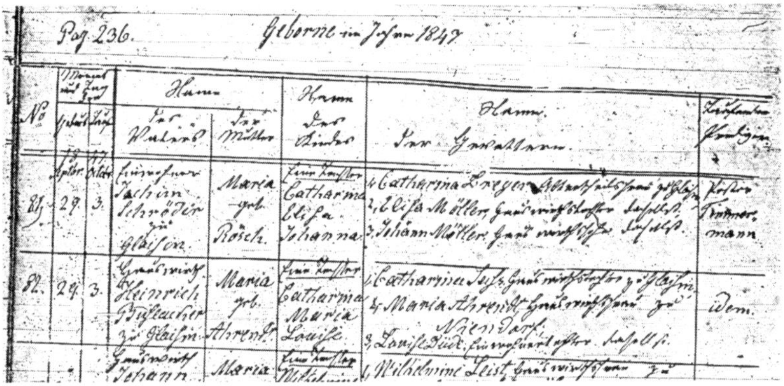

***Bild 3.2** – Seite aus dem Eldenaer Kirchenbuch zeigt den Taufeintrag von Carl Friederich Johann Julius Wiedow.*

Bei der Volkszählung von 1900 fing ich mit einer Mischung von Hoffnung und Befürchtung an zu forschen. Einerseits, von allen Volkszählungen enthielt diese die meisten Informationen, die für Familienforscher interessant sind. Anderseits, wie würde ich weiter vorgehen, falls Carl Wiedow nicht zu finden wäre? Als ich in Lincoln Township, Iowa County einen Chas. Wiedow mit Frau Lizzie und zwei Kindern, Chas. und Bertha, fand, atmete ich erleichtert auf. (Bild 3.1 s. Seite 31) Er war Farmer, 52 Jahre alt, gebürtig aus Deutschland. Es waren offensichtlich derselbe Mann und dieselbe Frau, die in der Volkszählung von 1880 aufgezeichnet waren. Es zeigte sich auch, daß er im November 1847 und sie im September 1847 geboren war, daß beide in Deutschland geboren und 1868 eingewandert waren. Außerdem stellte sich heraus, daß er eingebürgert war und daß die Eheleute 27 Jahre verheiratet waren. Die Frau hatte fünf Kindern geboren, die alle noch lebten. Carl Wiedows Alter, sein Geburtsort, das Jahr der Einwanderung und der Name der Tochter paßten zu Jürnjakobs Profil! Jürnjakob Swehn war wirklich Carl Wiedow!

Diese Informationen waren hilfreiche Hinweise für weitere Forschungen, sowohl in Mecklenburg als auch in Iowa. Die Geburtsdaten im Zusammenhang mit Erwähnungen der Eldenaer Kirche im Buch [1] ermöglichte mir sehr schnell, mittels des Films der Eldenaer Kirchenbücher, die Geburtseinträge für Chas. und Lizzie zu finden.

Chas. war am 08.11.1847 in Bellevue (heute Margarethenhof) geboren und am 14.11.1847 in Eldena auf den Namen Carl Friederich Johann Julius Wiedow getauft. (Bild 3.2 s. S. 33) Lizzie war am 29.09.1847 in Glaisin geboren und am 03.10.1847 in Eldena Catharina Elizabeth Johanna Schröder getauft. (Bild 3.3)

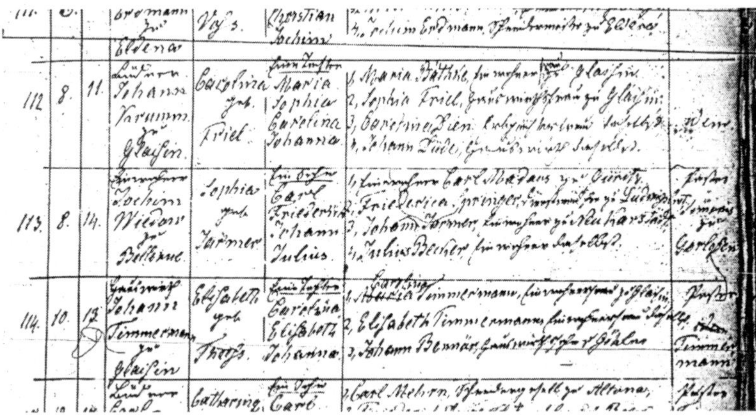

***Bild 3.3** – Seite aus dem Eldenaer Kirchenbuch zeigt den Taufeintrag von Catharina Elisa Johanna Schröder.*

Am 11.03.1872 bewirbt er sich um die Staatsangehörigkeit in Clayton Co., Iowa. (Bild 3.4) Fünf Tage später, laut ziviler und kirchlicher Unterlagen, heiratete er Elisabeth Schröder. (Im Buch [1] lesen wir, daß Jürnjakob mit Wieschen Schröder verheiratet war. Ich halte es für wahrscheinlich, daß der Kosename Wieschen irgendwie von Lieschen, ein Kosename für Elisabeth, ist.)

Im Oktober 1988 bestellte ich von der mormonischen Bibliothek den Film über die Kirche in der Lincoln Township.

(Bild 3.5 s. S. 36) Die Kirche war tatsächlich St. John‘s Kirche, wo Carl Wiedows Familie in Iowa County zur Kirche ging!

1988 waren 12 Jahre vergangen, seitdem ich 1976 auf Jürnjakob Swehn aufmerksam gemacht wurde, und 8 Jahre, bevor Kai Brauer und Udo Baarck 1996 Iowa zum ersten Mal besucht haben.

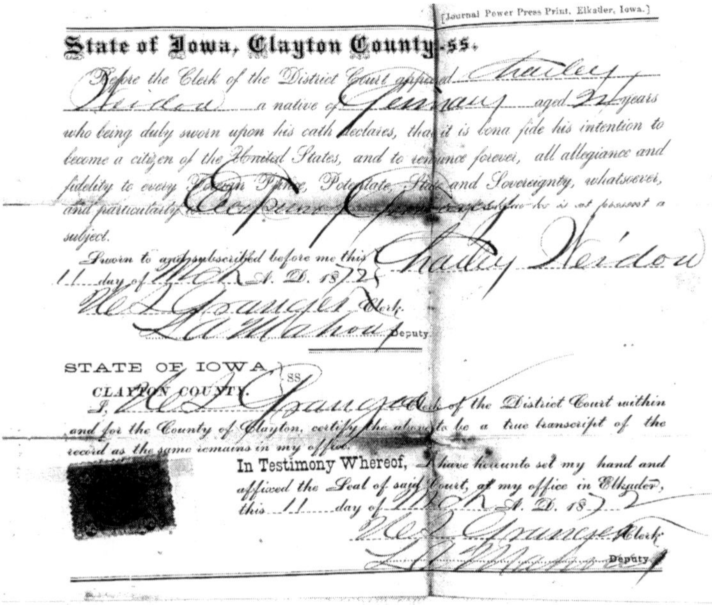
[Journal Power Press Print, Elkader, Iowa.]

State of Iowa, Clayton County, ss.

Before the Clerk of the District Court appeared Charley Weidow a native of Germany aged [illegible] years who being duly sworn upon his oath declares, that it is bona fide his intention to become a citizen of the United States, and to renounce forever, all allegiance and fidelity to every Foreign Prince, Potentate, State and Sovereignty, whatsoever, and particularly Emperor of Germany whereof he is at present a subject.

Sworn to and subscribed before me this 11 day of [illegible] A. D. 1872 Charley Weidow

[illegible] Clerk.
[illegible] Deputy.

STATE OF IOWA, CLAYTON COUNTY, ss.

I, [illegible] Clerk of the District Court within and for the County of Clayton, certify the above to be a true transcript of the record as the same remains in my office.

In Testimony Whereof, I have hereunto set my hand and affixed the Seal of said Court, at my office in Elkader, this 11 day of [illegible] A. D. 187[illegible]

[illegible] Clerk.
[illegible] Deputy.

__Bild 3.4__ – Antrag für die Amerikanische Staatsbürgerschaft von Charley Weidow. Variationen in der Schreibweise des Familiennamens Wiedow waren üblich.

Carl und Elisabeth hatten fünf Kinder; Heinrich (Henry), Maria (Mame), Elisabeth Dorothea Marie (Lizzie), Karl Heinrich Wilhelm (Charly) und Bertha Caroline.

Die ersten drei Kinder sind in Clayton County geboren und getauft, die beiden jüngsten in Iowa County. Der älteste Sohn, Henry, ist Arzt geworden (hat auf der Universität Iowa und der Universität Berlin studiert) und war mit einer Nachbarstochter, Cora Simpson, verheiratet.

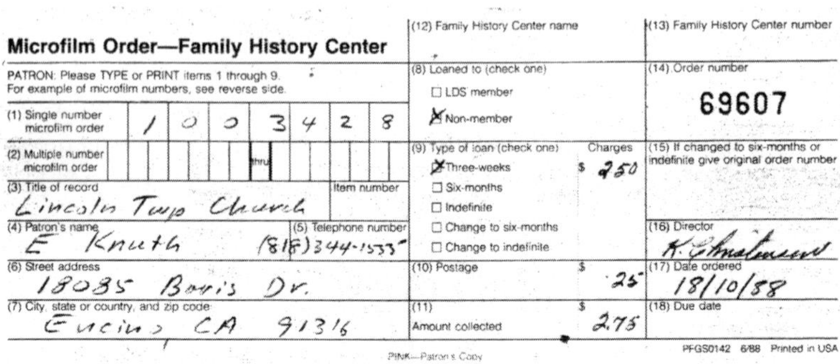
Microfilm Order—Family History Center

PATRON: Please TYPE or PRINT items 1 through 9.
For example of microfilm numbers, see reverse side.

(1) Single number microfilm order: 1 0 0 3 4 2 8

(2) Multiple number microfilm order: thru

(3) Title of record: Lincoln Twp Church — Item number

(4) Patron's name: E Knuth — (5) Telephone number: (818)344-1535

(6) Street address: 18035 Boris Dr.

(7) City, state or country, and zip code: Encino CA 91316

(12) Family History Center name

(13) Family History Center number

(8) Loaned to (check one): ☐ LDS member ☒ Non-member

(14) Order number: 69607

(9) Type of loan (check one) — Charges: ☒ Three-weeks $ 2.50; ☐ Six-months; ☐ Indefinite; ☐ Change to six-months; ☐ Change to indefinite

(15) If changed to six-months or indefinite give original order number

(16) Director: K. [signature]

(10) Postage $ .25

(17) Date ordered: 18/10/88

(11) Amount collected $ 2.75

(18) Due date

PINK—Patron's Copy

PFGS0142 6/88 Printed in USA

Bild 3.5 *– Der Bestellzettel, mit Datum 18.10.1988, für den Film entsprechend der Kirche im Lincoln Township, Iowa County, Iowa.*

Der zweite Sohn, Charly, übernahm die Farm. (Im Buch steht, daß Hans die Farm übernahm. Wahrscheinlich, obwohl der jüngste Sohn Karl Heinrich Wilhelm getauft war, benutzte er den Namen Hans als Kind und den Namen Charly als Erwachsener. Als Kind benutzte er Hans, vielleicht weil sein Vater Carl hieß und sein Bruder Heinrich hieß.)

Bertha heiratete im November 1912; der Vater starb im November 1913. (Diese Daten sind mit dem letzten Kapitel des Buches vereinbar, worin Swehn schreibt, daß Berti noch nicht verheiratet war; es deutet auch an, daß das letzte Kapitel wenigstens ein Jahr vor Swehns Tod geschrieben wurde.)

Nachdem ich 1988 Carl Wiedow mit Jürnjakob identifiziert hatte, führte ich die Nachforschungen der Familie Wiedow ruhig und ohne Angst, es könnte ein Wettlauf sein, weiter. Wahrscheinlich hatte Brun eine Sackgasse erreicht [5], und ich hatte keine Ahnung, daß auch Kamphoefner teilgenommen hatte.

Ich entschied mich, auch die Vorfahren von Carl und Elisabeth zu erforschen, mit der Erwartung, daß die Ahnentafeln wesentliche Ergänzungen zur ersten Veröffentlichung sein würden.

Es passierte oft, daß die Genealogie mehr Zeit in Anspruch nahm, als ich erwartet hatte. Auch die Möglichkeit, Nachkommen von Carl und Elisabeth noch in Iowa zu finden, fiel mir ein. Aber weil ich noch kein Internet hatte, war es damals nicht so leicht wie heute, Leute zu entdecken.

Dann im Mai 1993 präsentierte sich zufällig eine unerwartete Gelegenheit. Seit unsere Klasse (Luana High School, Jahrgang 1943) von der Oberschule promoviert hatte, waren plötzlich 50 Jahre vergangen. Wir hatten ein Klassentreffen für das Wochenende, den 8. und 9. Mai arrangiert. Unterwegs vom Flughafen in Cedar Rapids zum Pines Motel in Postville sind wir bei unserer lieben Freundin, Myra Voss, Präsidentin der Clayton County Genealogical Society, in Elkader vorbeigefahren. 1986 hatte sie mir sehr geholfen, meine zwei Halbbrüder (Gene Koevenig und Ron Huff) zu finden; 1987 hatte sie mich eingeladen, einen Vortrag bei einer Versammlung der Iowa Genealogical Society zu halten, und unlängst hatte sie mir unschätzbare Hilfe geleistet und Unterlagen der Familie Wiedow in Clayton County besorgt.

Es dauerte nicht lange, bis Carl Wiedow erwähnt wurde. Als ich Interesse an Carls Nachkommen äußerte, bot Myra an, einen Vetter, Oris Martens, in Amana, Iowa County, anzurufen. Myra und Oris sind beide Nachkommen der Schult- (Schultz)-Familie aus Glaisin, die in Iowa County gesiedelt hatte. Diese Schult-Familie ist wegen ihres großen jährlichen Familientreffens bekannt.

Ungefähr zwei Minuten später hatten wir die Namen von zwei lebenden Wiedow-Nachkommen (Clark Wiedow und seine Schwester, Frau Alton Wolf) und die Rufnummer der Familie Wolf. Das Wochenende sah sehr hoffnungsvoll aus!

Sonntag Morgen besuchten wir die evangelische Kirche in Luana, in der der größte Teil meiner Klasse getauft und konfirmiert wurde. Nachher sind Margaret und ich kurz beim Pines Motel vorbeigefahren, um die Familie Wolf anzurufen. (Für mich war das Motel meistens nur utilitaristisch – die schönste Eigenschaft war die Feldlerche, die sehr froh nebenbei im Feld sang.)

Die Dame, die sich am Telefon bei der Familie Wolf meldete, informierte mich sofort, daß sie nichts kaufen wolle. Nachdem ich ihr versichert hatte, daß ich nichts zu verkaufen hätte, und ihr erklärte, wie ich ihre Rufnummer erhalten hatte, ging alles besser. Sie bestätigte, daß sie eine geborene Wiedow sei, aber nie von einem Jürnjakob Swehn gehört hätte, und auch nichts davon wüsste, daß Briefe, die der Großvater geschrieben hatte, veröffentlicht worden wären.

Schließlich haben wir uns für den nächsten Nachmittag zu einem Treffen bei der Familie Wolf verabredet. Sie erklärte, wie wir fahren müßten, und beschrieb die Farm: Ein weißes Haus und eine Windmühle. Sie wollte auch den Bruder, Harold, und ihre Tochter einladen.

Am nächsten Morgen nach dem Frühstück in Ginger‘s Coffee Shop in Postville haben wir uns vom Motel abgemeldet und sind Richtung Iowa County abgefahren. Die Amana-Kolonien auf dem Weg nach Iowa County boten einen interessanten Haltepunkt und könnten ein idealer Übernachtungsort sein.

Als wir durch die alltäglichen Maisfelder fuhren, gingen meine Gedanken zurück zum Wochenende und ich freute mich auf den vorliegenden Tag.

Das Wochenende war wunderschön. Das Klassentreffen war wirklich ausgezeichnet. Nach 50 Jahren lebten alle 18 Klassenkameraden noch – 16 hatten beim Treffen teilgenommen. Es mußte eine Kombination von guten Genen und Glück gewesen sein!

Mein Besuch in der Bibliothek in Postville war erfolgreich. Endlich hatte ich den Nachruf meiner Urgroßmutter (mit vielen nützlichen Details) in einer Ausgabe der „Postville Herald“ von 1918 entdeckt. Und Elaine Ball, meine allerliebste Tanzpartnerin in meiner Oberschulzeit, hatte sich die Mühe gemacht, mich da zu finden. Hoffentlich würde der kommende Tag auch so schön sein. Übrigens, es war mein Geburtstag.

In Amana haben wir die „Bed and Breakfast“ Unterkünfte nachgesehen und das Noe Haus ausgewählt. Es war eines der ältesten Gebäude in der Stadt, ungewöhnlich wohl gebaut und mit einem Jahrhunderte alten Dekor. Zu Mittag haben wir im Brick-Haus-Restaurant gegessen. Die Speisekarte bot u. a. Wiener Schnitzel, Kassler Rippchen und Bratwurst an. Die ältere Generation im Restaurant kann noch deutsch, obwohl mit merklichem Dialekt – Kolonie-Deutsch genannt. (Die ersten Einwanderer in Amana sind 1842 von Südwest-Deutschland ausgewandert und haben sich 1855 in Amana angesiedelt.)

Bild 3.6 *– Die Wiedow Familie etwa im Jahr 1895. Erste Reihe: Carl, Bertha und Elisabeth. Zweite Reihe: Lizzie, Henry, Charly und Mame. (Photobeitrag von Harold Wiedow)*

Nach dem Essen bummelten wir durch einige Handwerksgeschäfte. Danach sind wir in Richtung Iowa County zu dem Treffen mit der Familie Wiedow losgefahren.

Die Fahrt über die Landstraße 151, durch die Amana-Kolonien, war interessant. Die Landstraße 8 jedoch, mit ihren langen, geraden Strecken und viel LKW-Verkehr, fanden wir langweilig. Nachdem wir in Richtung Victor abgefahren waren, hielt ich an, um die Wegbeschreibung zu überprüfen. Aber die Handtasche (auch die Notizen der Familie Wiedow und das Jürnjakob Swehn Buch) waren nicht im Auto! Ich hatte sie im „Bed und Breakfast“ liegen lassen! Die Rückfahrt dorthin würde uns fast zwei Stunden Zeit kosten. Wir kamen also mit leeren Händen an und ich mußte alle Namen und Daten der Familie im Kopf haben.

Obwohl wir mit leeren Händen ankamen, wurden wir herzlich empfangen. Anwesend waren Harold und Elsie Wiedow, Alton und Alice Wolf (geb. Wiedow), und Sharon McKay,

Tochter von Alice Wolf. Harold und Alice, Sohn und Tochter von Karl Heinrich, dem zweiten Sohn von Carl, wohnten nicht weit von der Farm, wo Carl und Elisabeth ihre Familie großgezogen hatten.

Der erste Besuch war ein herzbewegender Abend. Die Familie hatte nie vom Buch gehört und konnte kaum glauben, daß Briefe, die der Großvater und Urgroßvater geschrieben haben, so berühmt waren.

Bild 3.7 *– Ein Wiedow Familienphoto von etwa 1907. Das Photo zeigt Carls Pfeife, über welche sich Berti auf Seite 67 des Buches [2] beklagt. Hinter Carl sind Bertha und Mame. Der Mann rechts aussen ist Cary Sheppard. Die drei Kinder, von links nach rechts sind Margaret, Bernice und Harriet Sheppard, sowie Kinder von Cary und Mame. (Photobeitrag von Harold Wiedow)*

Für mich hatte die Suche nach Jürnjakob Swehn 1976 in Schwerin begonnen und nun nach 17 Jahren ihren Höhepunkt erreicht. Wir haben Erzählungen vom Buch mit mündlichen Überlieferungen verglichen, oftmals mit Übereinstimmung. Sie haben alte Photos der Familie gezeigt, besonders ein unschätzbares Photo von Carl, Elisabeth und den fünf Kindern. (Bilder 3.6 s. S. 39 und Bild 3.7) Henrys goldene Uhr, auf Seite 51 des Buches [1] erwähnt, ist noch in der Familie. Henry hatte sie anläßlich seines Abschlußexamens von der Oberschule bekommen. Weil sie mit HW graviert ist, geht sie immer über zu einem Nachkommen mit den Anfangsbuchstaben HW.

Bild 3.8 *– Die Scheune auf dem Wiedow'schen Bauernhof. (Photo von E. L. Knuth, 1993)*

Wir sind durch die Nachbarschaft gefahren. Auf der alten Wiedow-Farm stand damals noch die Scheune (obwohl nicht benutzt). (Bild 3.8) Inzwischen ist sie abgerissen. Das alte Haus ist durch ein neues ersetzt. Das kleine öffentliche Schulhaus, Lincoln Township Schulhaus Nr. 4, in das Carls und Elisabeths zwei jüngste Kinder zur Schule gingen, stand noch (obwohl lange nicht mehr benutzt). (Bild 3.9) Das alte Kirchenschulhaus ist ersetzt. Die Kirche (St. John's Lutheran), 1895 erbaut, wird heute noch benutzt. Aber der Turm ist mit einem kürzeren Turm ersetzt worden, nachdem er 1950 durch einen Sturm eingestürzt war. (Bilder 3.10-3.11 s. S. 42, Bild 3.12 s. S. 43) Carl, Elisabeth, Carls Vater (Jochim) und Elisabeths Mutter (Maria geb. Rösch) sind dort auf dem Friedhof begraben; Elisabeths Vater (Johann) ist in Garnavillo, Iowa begraben. Wo Carls Mutter (Sophia geb. Jarmer) begraben ist, wissen wir nicht.

Bild 3.9 *– Lincoln Township Schule Nr. 4, wo die zwei jüngsten Kinder von Carl und Elisabeth in die Schule gingen. Von links nach rechts: Julie Wolf, Alice (Wiedow) Wolf und Alton Wolf. (Photobeitrag von Alice Wolf)*

Bild 3.10 *– St. John's Lutherische Kirche in Victor, Iowa. (Photo von E. L. Knuth, 1993)*
Bild 3.11 *– St. John's Lutherische Kirche in Victor, Iowa, vor dem Sturm vom 5. Mai 1950.*

Bild 3.12 – *Elsie (geborene Prashak) und Harold Wiedow vor der St. John's Lutherischen Kirche. Sie führten mich freundlicherweise durch die Wiedow'sche Nachbarschaft. (Photo von E. L. Knuth, 1993)*

Der Grabstein von Carl und Elisabeth ist eindrucksvoll. (Bild 3.13) In zwei Fällen konnte die Familie Informationen vom Buch nicht sofort bestätigen. Sie wußten nicht, daß Henry und Cora einen Sohn hatten; eine Suche durch alte Briefe bestätigte, daß sie einen Sohn hatten und weiterhin, daß er als Kind gestorben war.

Sie erinnerten sich auch nicht an Details des alten Hauses; während einer Suche durch alte Photos wurde ein Photo entdeckt, das zu Swehns Beschreibung, einschließlich der Beschreibung des großen Fensters an der Südseite des Hauses, paßt. (Bild 3.14 s. S. 44 und Bild 3.15 s. S. 45)

Als wir uns verabschiedeten, lud Alice uns ein, mehr vom Haus zu besichtigen. Das Wohnzimmer erinnerte mich an Wohnzimmer, die ich als Kind in Clayton County gekannt hatte – schön ausgestattet, aber nur benutzt, wenn Besuch kam. Alices Ausstellung von Puppenkopf-Vasen fand ich eindrucksvoll.

Am Ende des unvergeßlichen Abends schenkte Alice uns eine Kopie des „Deep River Community Cookbook"; es enthielt nicht nur Lieblingsrezepte der Familie Wiedow, sondern auch alte Bilder der Gegend.

Bild 3.13 – *Grabstein von Carl Wiedow und Elisabeth Schröder (AKA Jürnjakob und Wieschen), St. John's Lutherischer Friedhof in Victor, Iowa. (Photo von E. L. Knuth, 1993)*

Bild 3.14 – *Das auf Seite 25 des Buches [2] beschriebene Wiedow'sche Haus. (Photobeitrag von Adena Sheppard)*

Bild 3.15 *– Das Wiedow'sche Haus im Winter. Das Photo wurde von Charly Wiedow etwa 1910 gemacht. Die Notiz stammt von seiner Ehefrau, Velda (Forney) Wiedow. (Photobeitrag von Sharon McKay)*

Sharon und ich vereinbarten uns, daß sie unterwegs nach Hause (in Cedar Rapids) beim „Bed and Breakfast" vorbeikommen würde, um das Jürnjakob Swehn Buch und die Wiedow Familienbögen, die ich zusammengestellt hatte, abzuholen. Eine lebenslange Beziehung war entstanden.

1996 besuchte ich einen Enkelsohn von Bertha Wiedow; er wohnt noch in dem Haus, in dem Bertha und Familie gelebt hatten. Es ist interessant festzustellen, daß Berti im Buch einen Besuch in Muscatine erwähnt hatte.

Später habe ich Verbindung mit dem Schwiegersohn und dem Enkelsohn von Henry aufgenommen. Der Schwiegersohn ist Witwer der adoptierten Tochter von Henry und Cora. (Die Mutter dieses Mädchens starb bei der Geburt des Kindes im Hospital, wo Henry tätig war.) Die Familie hat noch eine Standuhr, die Henry und Cora aus Deutschland mitgebracht hatten.

Daß Jürnjakob Swehn wirklich Carl Wiedow war, ist in der folgenden Tafel im Fokus gebracht.

Vergleich der Familien Swehn und Wiedow

	Swehn	Wiedow
ausgewandert	1868	1868
Alter	19 Jahre	20 Jahre
verheiratet mit	Wieschen Schröder	Elisabeth Schröder
Der älteste Sohn	Heinrich war Arzt, studierte in Iowa City und Deutschland	Heinrich war Arzt studierte in Iowa City und Berlin
verheiratet mit	Cora sie hatten einen Sohn Charly	Cora Simpson sie hatten einen Sohn
	Sohn Hans hat die Farm über-nommen	Sohn Karl Heinrich hat die Farm über-nommen
	Tochter Berti	Töchter Maria Lizzie Bertha

Wir sehen, daß Swehn wirklich ein Wiedow war!

Warum Brun [4] Wiedow nicht als Briefschreiber identifiziert hatte, ist nun klar. In Deutschland hatte er Unterlagen, einschließlich den Auswanderungs-Consens, für Carls Eltern, Bruder und Schwester, aber nicht für Carl gefunden. Wahrscheinlich ist Carl ohne Auswanderungs-Consens ausgewandert! Deshalb paßten seine Entdeckungen nicht zum Profil Swehns.

Warum Prof. Kamphoefner Carl Wiedow nicht gefunden hat, ist nun auch zu verstehen. Er fokusierte auf Garnavillo und Farmersburg Townships in Clayton County, Heimat vieler Auswanderer von der Eldenaer Gemeinschaft. In der Volkszählung von 1880 fand er im Garnavillo Township einen John Viedow, der auf Jürnjakob Swehns Profil nicht paßte, aber hatte im angrenzenden Read Township Carl Wiedow nicht bemerkt.

BRIEFE VOM ALTEN SCHULLEHRER

Die vorherigen Kapitel haben auf Literatur hingewiesen und Spuren nachgeprüft, die Carl Wiedow als den „eifrigsten Briefschreiber" ausweisen unter jenen, deren Briefe im Buch eingeschlossen sind und Jürnjakob zugeschrieben werden.

Es würde sehr interessant sein, Briefe, die Gottlieb Gillhoff, der alte Schullehrer in Glaisin, an Carl Wiedow geschrieben hat, zu sehen. Leider haben wir keinen Brief von Gillhoff an die Familie Wiedow gefunden. Aber glücklicherweise sind noch zwei Briefe vom Schullehrer an die Nachbarfamilie Rösch vorhanden.

Carolina Rösch, geb. Schütt, war eine Kusine von Gottlieb Gillhoff; Carolinas Vater und Gottliebs Mutter waren Geschwister. Auch, Carolinas Mann, Johann Rösch, war ein Onkel von Elisabeth Wiedow, geb. Schröder, im Buch Wieschen genannt; Johanns Mutter und Elisabeths Mutter waren Geschwister. (Siehe Anhang A.) Diese Briefe bestätigen einen Briefwechsel zwischen Gottlieb Gillhoff und der Familie Wiedow.

Gillhoff schreibt: „Daß meine liebe Frau vor länger als zwei Jahren starb, hast Du vielleicht von Wiedow schon gehört."

Diese Briefe (sowohl abgeschriebene als auch originale Kopien) sind hier vollständig wiedergegeben, um einen Einblick in die Persönlichkeit und die Rolle des Schullehrers zu geben. Die Briefe verdanke ich der Gefälligkeit von Larry Rösch aus Iowa City, Iowa.

Glaisin b. Eldena, den 28. Februar 1890

Ihr Lieben alle!
Recht sehr habe ich mich gefreut zu deinem Briefe, liebe Kusine. Aus demselben habe ich ersehen, daß Gott der Herr Euch so recht in die Leidenschule nahm in dem verflossenen Jahre. Hoffentlich habt Ihr bei dem Tode Eurer lieben Kinder und bei der Krankheit Eurer lieben Tochter Maria, die ich als kleines Kind ja noch gekannt habe, Trost und Hülfe bei dem gesucht, der alle

Mühseligen und Beladenen zu sich ruft, daß er sie erquicke. Wie ein Schäfer, wenn seine Schafe nicht in den Stall hinein wollen, wohl ein Lamm zuerst hineinsetzt, dem denn die Schafe bald folgen, so nimmt der Herr unser Gott auch wohl die Kinder fort, damit die Eltern und übrigen Angehörigen Verlangen und Sehnsucht bekommen nach dem Himmel. Denen, die Gott lieben, müssen alle Dinge zum besten dienen. So ertraget doch auch Ihr die Heimsuchungen Eures Gottes ohne Murren und trachtet vor allen Dingen, daß Ihr und die lieben Eurigen das Ende des Glaubens, der Seelen Seligkeit ertraget. (Bemerkung: Die erwähnten Kinder sind wahrscheinlich Heinrich, den 08.03.1889 gestorben, Caroline, den 26.08.1889 gestorben, und Maria, den 09.08.1864 geboren.) – Mich und die Meinigen hat der liebe Gott bisher gesund erhalten. Unserm Fritz wurde im Juni ein kleines Töchterchen geboren, welches wie seine Mutter Magdalene heißt. Unser fünfter Sohn Gustav ist im Herbst ebenfalls nach Schwaan als Lehrer gekommen, wohnt mit seinem Bruder in demselben Hause und ißt an seinem Tische. Der jüngste Sohn Theodor wurde im Herbst von Göhlen nach Leussow versetzt und wird nächsten Herbst ins Seminar treten, wenn er sein Examen besteht. Die übrigen drei Söhne sind noch auf ihren alten Stellen. Verlobt oder Verheiratet ist bisher noch keiner von ihnen, obgleich Gottlieb auch schon seine 30 Jahre zählt. (Bemerkung: Die Familie Gillhoff hatte sieben Kinder, in den ungeraden Jahren von 1857 bis 1869 geboren.) Meine liebe Frau ist, Gott sei Dank, ja auch noch immer so, daß sie in Gemeinschaft mit ihrer Schwester Line der Wirtschaft vorstehen kann. Sie steht auch schon im 56. Lebensjahr, während ich im Herbst das 58te angetreten habe. – Der verflossene Sommer brachte uns nur eine sehr mäßige Ernte an Roggen und Hafer, während die Kartoffelernte gut ausfiel. Auch Futter für die Kühe wurde in ausreichende maße geworben. Vom Roggen kosten 100# 8½ Mark, vom Hafen 8 Mark. 100# Schweine kosten 40 bis 45 M, Kälber 36 bis 40 Mark. Wir erhielten kurz vor Weihnacht für ein Kalb, welches 262# wog, 110 M. – Gestorben ist hier im vorigen Sommer der Einwohner Johann Saß. Nun im Winter starben Johann Henning, der alte Johann Meier und Penzholz seine Frau. Eine dreijährige Tochter des Erbpächters Theeß geriet kurz vor Weihnacht zu nahe ans Feuer in der Küche und verbrannte sich so arg, daß sie nach Bethlehem gebracht werden mußte, wo sie einige Tage später starb. (Bemerkung: Bethlehem ist ein Krankenhaus in der naheliegenden Stadt Ludwigslust.) Von meinen Schwestern muß ich Euch doch auch noch etwas mitteilen. Luise ist recht leidend und wird auch nicht lange mehr hienieder sein. (Bemerkung: Luise ist offenbar die älteste Schwester, den 16.09.1834 geboren und Louise Amalia Maria getauft.) Sie leidet sehr an Atemnot. Der Arzt hat sie untersucht und gefunden, daß ihr Herz mal so groß ist, als es eigentlich sein muß. Sie sieht ihrem Ende mit Geduld und Ergebung entgegen und hat nur das eine Verlangen, daß der Herr sie in Gnaden annehmen wolle. Ihr Sohn ist Buchhändlergehülfe in Leipzig mit einem jährlichen Gehalt von 1800 M. Mine befindet sich wohl in Neuwied und hat als Näherin so viele Arbeit, daß sie dieselbe kaum bewältigen kann. (Bemerkung: Mine muß die jüngere Schwester sein, den 04.05.1838 geboren und Catharina Wilhelmina Lucia getauft.) – Rademacher Fründt und seine Frau feierten am 25. Februar ihre goldnen Hochzeit. Sie erhielten vom Großherzog 50 Mark, von der Dorfschaft 25 Mark.

Nun will ich Dich, lieber Vetter Rösch und Dich, liebe Kusine, samt allen Euren lieben Angehörigen der Gnade Gottes befehlen. Hier auf Erden sehen wir uns nicht mehr; allein wir wollen ringen und beachten, daß wir einmal alle zu denen gehören, zu denen der Herr sprechen wird: Kommt her, ihr Gesegneten meines Vaters, ererbet das Reich, das euch bereitet ist von Anbeginn der Welt. Das walte Gott!

Meine Frau und Schwägerin lassen Euch bestens Grüßen, desgleichen Jochim Diehn und Frau, denen es recht gut geht.

Es grüßt Euch herzlich Euer Vetter

G. Gillhoff

Grüßet auch alle Bekannten, die in Eurer Nähe wohnen.
Wir haben einen recht gelinden Winter gehabt. Fast den ganzen Februar war es Frostwetter, aber die Fenster frieren nicht einmal. Gestern ist etwas Schnee gefallen.

Ihr Lieben alle!

Recht sehr habe ich mich gefreut zu deinem Briefe, liebe Kusine. Aus demselben habe ich ersehen, daß Gott der Herr Euch so recht in die Leidensschule nahm in dem verflossenen Jahre. Hoffentlich habt Ihr bei dem Tode Eurer lieben Kinder und bei der Krankheit Eurer lieben Tochter Marie, die ich als kleines Kind ja noch gekannt habe, Trost und Hülfe bei dem gesucht, der alle Mühseligen und Beladenen zu sich ruft, daß er sie erquicke. Wie ein Schäfer, wenn seine Schafe nicht in den Stall hinein wollen, erst ein Lamm zuerst hineinsetzt, dann denn die Schafe bald folgen, so nimmt der Herr unser Gott auch erst die Kinder fort, damit die Eltern und übrigen Angehörigen Verlangen und Sehnsucht bekommen nach dem Himmel. Denen, die Gott lieben, müssen alle Dinge zum Besten dienen. So ertraget doch auch Ihr die

Wir haben einen recht gelinden Winter gehabt. Fast den ganzen Februar war es Frostwetter, aber die Fenster froren nicht einmal. Gestern ist etwas Schnee gefallen.

Heimsuchungen seines Gottes ihren Män-
nern und bewahret vor allen Dingen,
daß Ihr und die lieben Eurigen
das Ende des Glaubens, der Seelen
Seligkeit erlanget. – Mich und die
Meinigen hat der liebe Gott bisher ge-
sund erhalten. Unserem Fritz wurde
im Juni ein kleines Töchterchen ge-
boren, welches wie seine Mutter Magda-
lena heißt. Unser fünfter Sohn Gustav
ist im Herbst ebenfalls nach Schwaan
als Lehrer gekommen, wohnt mit sei-
nem Bruder in demselben Hause und
ißt an seinem Tische. Der jüngste Sohn,
Theodor wurde im Herbst von Gühlen
nach Lessow versetzt und wird nächs-
ten Herbst ins Seminar treten, wenn
er seine Examen besteht. Die übrigen
drei Söhne sind noch auf ihren alten
Stellen. Verlobt oder verheiratet
ist bisher noch keiner von ihnen, obgleich
Gottlieb auch schon seine 30 Jahre
zählt. Meine liebe Frau ist, Gott sei
Dank, ja auch noch immer so, daß sie in
Gemeinschaft mit ihrer Schwester Lina der
Wirtschaft vorstehen kann. Sie steht auch

schon im 56. Lebensjahre, während ich
im Herbst das 58st angetreten habe. – Der
verflossene Sommer brachte auch nur eine
sehr mäßige Ernte an Roggen und Hafer,
während die Kartoffelernte gut ausfiel. Auch
Futter für die Kühe wurde in ausreichender
Masse geerntet. Neuer Roggen kostet 100 Pfd
8½ Mark, neuer Hafer 8 Mark. 100 Pfd
Schweine kosten 40 bis 45 M, Kälber
36 bis 40 Mark. Wir erhielten kurz vor
Weihnacht für ein Kalb, welches 262 Pfd
wog, 110 M. – Gestorben ist hier im ver-
gan Sommer der Einwohner Johann Voß.
Nun im Winter starben Johann Henning,
der alte Johann Maier und Langholz
seine Frau. Eine dreijährige Tochter des
Erbpächters Haaß geriet kurz vor Weih-
nacht zu nahe ans Feuer in der Küche
und verbrannte sich so arg, daß sie nach
Bethlehem gebracht werden mußte, wo
sie einige Tage später starb. Von meinen
Schwestern muß ich Euch doch auch noch
etwas mitteilen. Luise ist recht leidend
und wird auch nicht lange mehr hienieden
sein. Sie leidet sehr an Asthma. Der
Arzt hat sie untersucht und gefunden,
daß ihr Herz mal so groß ist, als es
eigentlich sein muß. Sie heißt ihnen Euch

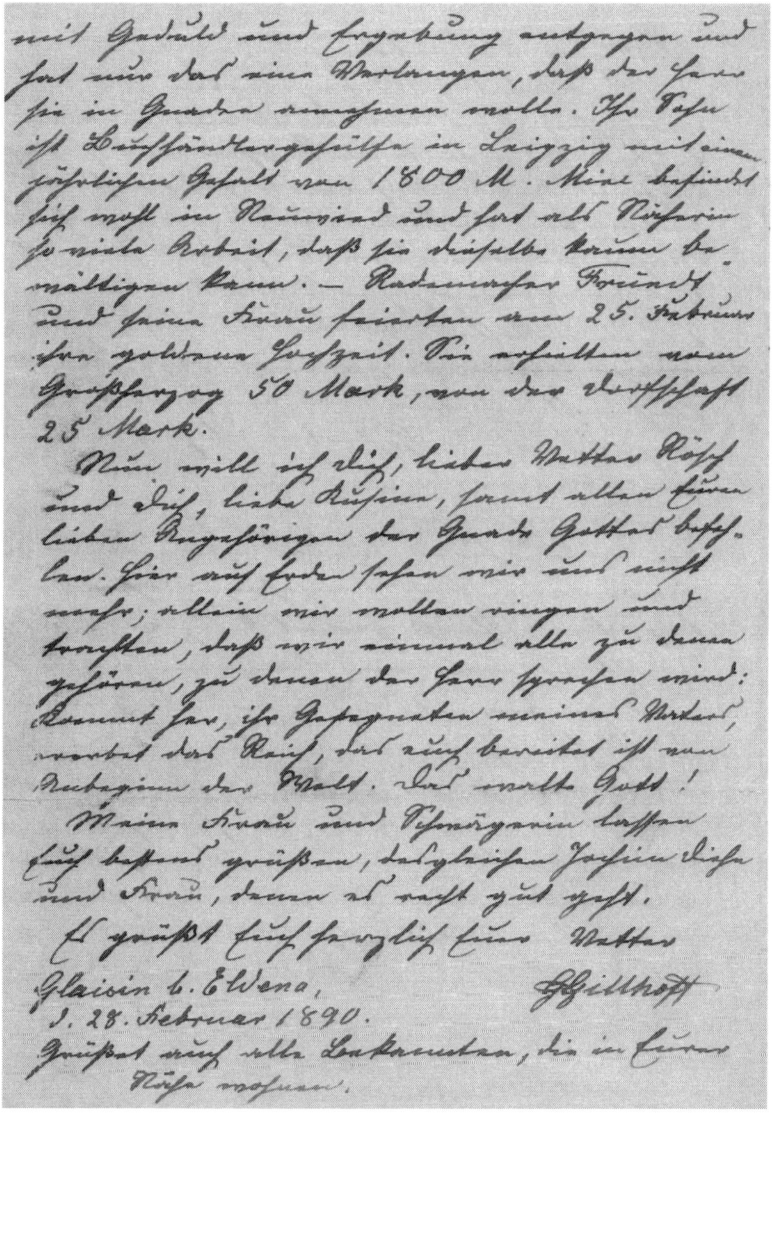
mit Geduld und Ergebung entgegen und hat nur das eine Verlangen, daß der Herr sie in Gnaden annehmen wolle. Ihr Sohn ist Kaufhandlungsgehülfe in Leipzig mit einem jährlichen Gehalt von 1800 M. Mine befindet sich wohl in [illegible] und hat als Näherin so viele Arbeit, daß sie dieselbe kaum bewältigen kann. — Rademacher Freundt und seine Frau feierten am 25. Februar ihre goldene Hochzeit. Sie erhielten vom Großherzog 50 Mark, von der Herrschaft 25 Mark.

Nun will ich dich, lieber Vetter Rösch und dich, liebe Kusine, samt allen Euren lieben Angehörigen der Gnade Gottes befehlen. Hier auf Erden sehen wir uns nicht mehr; allein wir wollen ringen und trachten, daß wir einmal alle zu denen gehören, zu denen der Herr sprechen wird: Kommt her, ihr Gesegneten meines Vaters, ererbet das Reich, das euch bereitet ist von Anbeginn der Welt. Das walte Gott!

Meine Frau und Schwägerin lassen Euch bestens grüßen, desgleichen Jochen [illegible] und Frau, denen es recht gut geht.

Es grüßt Euch herzlich Euer Vetter

Glaisin b. Eldena, G. Gillhoff
d. 28. Februar 1890.

Grüßt auch alle Bekannten, die in Eurer Nähe wohnen.

Glaisin, den 22. August 1907

Liebe Kusine!
Ich habe mich wirklich von Herzen gefreut, einen Brief von Dir zu erhalten und dazu noch eine Photographie Deines Sohnes, der um die Augen herum unbedingt Ähnlichkeit mit Deinem Bruder Christian hat. (Bemerkung: Dieser Sohn muß Louis, 1872-1924, sein. Er war damals der einzige lebende Sohn.) Wie gnädig vom lieben Gott, daß er Dir diesen Sohn wieder hat genesen lassen! Ja, wir haben bei allem Leid doch auch wieder viel zu danken, liebe Kusine und werden, wenn wir selig überwunden haben, rühmen müssen; der Herr hat alles wohlgemacht! (Bemerkung: Das erwähnte Leid ist wahrscheinlich das frühzeitige Sterben von vier Kindern – Heinrich, 1878-1889; Caroline, 1869-1889; Maria, 1864-1904; und Elisabeth, 1867-1904.)

Außerordentlich freut es mich, daß Ihr es damit haltet, daß arbeiten besser ist als faulenzen. Damit halte ich es auch, und deshalb habe ich mich bisher noch nicht entschließen können, mein Amt niederzulegen. Ich gedenke bis nächste Ostern noch hier zu bleiben und dann zu meinem jüngsten Sohn Theodor zu ziehen, der in Gehlsdorf bei Rostock Vorsteher an der Rettungsanstalt ist. Auf lange Jahre darf ich ja auch nicht mehr rechnen, da ich im Herbst 75 Jahre alt werde. Doch bin ich noch ziemlich rüstig, nur wird mir mitunter der Atem schon recht kurz, so daß ich körperliche Arbeit nicht so recht mehr verrichten kann. Ich habe jetzt 11 Enkel. Mein ältester Sohn Fritz wohnt in Bremen und ist Auswanderer-Missionar. Ich habe ihn neulich auf 8 Tage besucht, und wir haben uns sehr miteinander gefreut. Er hat eine gar liebe Frau und 2 Kinder. Die Tochter ist 17, der Sohn 14 Jahre alt. Letzterer ist Ostern konfirmiert.

Die Witwe meines verstorbenen Sohnes Gottlieb wohnt in Ludwigslust, wo ihre beiden Töchter die Schule besuchen, den Sohn hat Fritz zu sich genommen nach Bremen. Mein Sohn Johannes ist Seminarlehrer in Preußen und ist unverheiratet. Auch der dann folgende Karl ist nicht verheiratet, war zuerst Lehrer in Dömitz, und ließ sich dann versetzen nach Niendorf bei Dömitz, von wo aus er mich fleißig besucht. Gustav ist Lehrer in Schwaan u. hat

4 Kinder und Theodor, von dem ich schon erzählte, hat 2 Söhne. Daß meine Liebe Frau vor länger als zwei Jahren starb, hast Du vielleicht von Wiedow schon gehört.

Nun will ich zuerst Deine Fragen beantworten. Meine Schwester Mine ist schon 13 Jahre tot, Luise bereits 15 Jahre. Dachdecker Möller starb in diesem Frühjahr, seine Frau im vorigen Jahr. Er war in den letzten Jahren erblindet. Johann Brüning ist auch schon einige Jahre tot. Er lebte in großer Armut. Seine Frau ist in diesem Sommer mit ihrem ältesten Sohn nach Grabow gezogen, wo auch ihre beiden anderen Kinder wohnen. Der Alte hat mich oft recht gejammert. Er hat in seinen alten Tagen viel und schwer arbeiten müssen und war ganz krumm geworden. Der älteste Sohn aber konnte das alles ruhig mit ansehen und hielt die Hände in den Hosentaschen, wenn der Vater sich abmühte. Jochim Dien und Frau sind vor einigen Jahren aufs Altenteil gezogen. Beide sind recht stümperig, sie leidet recht oft an Rheumatismus. Von beiden soll ich Dich sehr grüßen. Jürgen Röselers Witwe ist auch schon fast 2 Jahre tot. Du, liebe Kusine, würdest hier nicht viele Personen mehr kennen, ja das ganze Dorf würde Dir fremd vorkommen. In diesem Sommer wird die 51te Häuslerei erbaut. Die alte Frau Jauert haben wir auch vor einigen Wochen zu Grabe gebracht.

Du schreibst von dem Regenwetter. Hier ist es den ganzen Sommer recht kalt und auch regnerisch gewesen, so daß man kaum etwas vom Sommer gewahr wurde. Manches Fuder Heu ist halbtrocken eingefahren. Während der ganzen Roggenernte war es trübes Wetter, und auch vom Roggen ist manches Fuder naß eingebracht. Doch ist ziemlich viel Stroh gewachsen. Auch ist viel Hafer gewachsen. Vor Hagelschaden hat uns der liebe Gott bisher gnädig bewahrt, während in anderer Gegenden von Mecklenburg vieles Korn verhagelte.

Wie ich aus meinem Buch ersehe, vollendest Du, liebe Kusine, am 31. Oktober das 69te Lebensjahr. Ich will Dir jetzt nun gleich Gottes Segen zu Deinem Geburtstage wünschen. Du nahmst bei Eurer Auswanderung 3 Töchter mit hinüber nach Amerika: Wilhelmine, Marie und Elisabeth. Nun möchte ich, wenn Du mir noch einmal wieder schreibst, gern wissen, welche von ihnen noch lebt. Gott segne Dich, Deine Kinder und Kindes Kinder! Sie werden wohl alle wünschen, die alte Großmutter noch eine Zeitlang hier zu behalten. Nun Gottes Wille geschehe. Er wolle uns nur alle trachten lehren nach dem, was droben ist! Unsere Kusinen aus Kummer, Graaks Töchter, sind alle tot. Die jüngste, Marie, starb in diesem Frühjahr, fast 80 Jahre alt. Ich möchte Dich zum Schluß nun noch bitten, alle Deine Kinder, namentlich Deinen Sohn, herzlich von mir zu grüßen. Ich danke bestens für die beigelegte Photographie und sende Dir die Photographie meiner Schwester Mine. Von mir selber habe ich gerade keine vorrätig. Nun seid alle Gott dem Herrn befohlen! Nur Selig! Das soll unsere Losung sein hienieden bis wir eingehen dürfen zu unsers Herrn Freude.

Grüße alle lieben Glaisiner in Eurer Nähe und sei Du samt Deinem Sohn und Deinen Töchtern bestens gegrüßt von Deinem Vetter Gottl. Gillhoff.

Gestern zeigte ich der Frau Diehn das Bild Deines Sohnes. Als sie kaum einen Blick darauf geworfen, rief sie: dat is ja Fritzchen!

(Bemerkung: Unter den Rollen des Schullehrers war die wichtige Rolle des Mittlers zwischen den in Glaisin Gebliebenen und den Ausgewanderten in Amerika. Häufig las er einer Gruppe der Dorfbewohner Briefe aus Amerika vor und schrieb dann später Antworten nach den Wünschen der Dorfbewohner.)

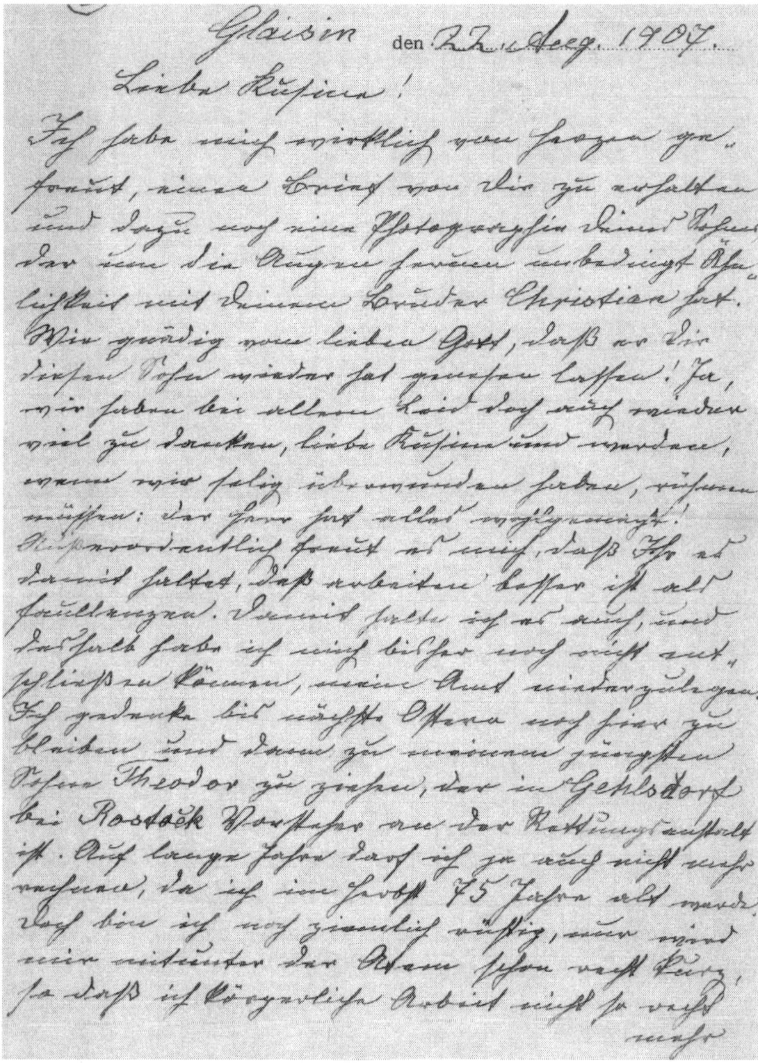

Glaisin den 22. Dez. 1907.

Liebe Kusine!

Ich habe mich wirklich von Herzen gefreut, einen Brief von Dir zu erhalten und dazu noch eine Photographie Deines Sohnes, der um die Augen herum unbedingt Ähnlichkeit mit Deinem Bruder Christian hat. Wie gnädig vom lieben Gott, daß er Dir diesen Sohn wieder hat genesen lassen! Ja, wir haben bei allem Leid doch auch wieder viel zu danken, liebe Kusine und werden, wenn wir selig überwunden haben, rühmen müssen: der Herr hat alles wohlgemacht! Außerordentlich freut es mich, daß Ihr es damit haltet, daß arbeiten besser ist als faullenzen. Damit halte ich es auch, und deshalb habe ich mich bisher noch nicht entschließen können, mein Amt niederzulegen. Ich gedenke bis nächste Ostern noch hier zu bleiben und dann zu meinem jüngsten Sohne Theodor zu ziehen, der in Gehlsdorf bei Rostock Vorsteher an der Rettungsanstalt ist. Auf lange Jahre darf ich ja auch nicht mehr rechnen, da ich im Herbst 75 Jahre alt werde. Doch bin ich noch ziemlich rüstig, nur wird mir mitunter der Atem schon recht kurz, so daß ich körperliche Arbeit nicht so recht

mehr

verrichten kann. Ich habe jetzt 11 Enkel.
Mein ältester Sohn Fritz wohnt in Bremen
und ist Auswanderer-Missionar. Ich habe ihn
neulich auf 8 Tage besucht, und wir haben uns
sehr miteinander gefreut. Er hat eine gar liebe
Frau und 2 Kinder. Die Tochter ist 17, der Sohn
14 Jahre alt. Letzterer ist Ostern konfirmiert.
Die Witwe meines verstorbenen Sohnes Gottlieb
wohnt in Ludwigslust, wo ihre beiden Töchter
die Schule besuchen, den Sohn hat Fritz zu sich
genommen nach Bremen. Mein Sohn Johannes
ist Seminarlehrer in Preussen und ist un-
verheiratet. Auch der dann folgende Karl
ist nicht verheiratet, war zuerst Lehrer in Dömitz
und ließ sich dann versetzen nach Niendorf bei
Dömitz, von wo aus er mich fleißig besucht.
Gustav ist Lehrer in Schwaan u. hat 4 Kin-
der und Theodor, von dem ich schon erzählte,
hat 2 Söhne. Daß meine liebe Frau vor länger
als 2 Jahren starb, hast du vielleicht von Wiedow
schon gehört.
Nun will ich zuerst deine Fragen beantwor-
ten. Meine Schwester Mine ist schon 13 Jahre tot,
Luise bereits 15 Jahre. Dorfdichter Möller starb
in diesem Frühjahr, seine Frau im vorigen
Jahr. Er war in den letzten Jahren erblin-
det. Johann Brüning ist auch schon einige
Jahre tot. Er lebte in großer Armut. Seine
Frau ist in diesem Sommer mit ihrem
ältesten Sohne nach Grabow gezogen, wo

auch ihre beiden andern Kinder wohnen.
Der Alte hat auch oft recht gejammert. Er hat
in seinen alten Tagen viel und schwer arbei-
ten müssen und war ganz krumm geworden.
Der älteste Sohn aber konnte das alles ruhig
mit ansehen und hielt die Hände in den
Hosentaschen, wenn der Vater sich abmühte.
Jochim Diehse und Frau sind vor einigen
Jahren aufs Altenteil gezogen. Beide sind
recht kümmerig, sie leiden recht oft an
Rheumatismus. Von beiden soll ich dich sehr
grüßen. Jürgen Röselers Witwe ist auch
schon fast 2 Jahre tot. Du, liebe Kusine, würdest
hier nicht viele Personen mehr kennen, ja das
ganze Dorf würde dir fremd vorkommen.
In diesem Sommer wird die 51. Häuslerei
erbaut. Die alte Frau Jauert haben wir auch
vor einigen Wochen zu Grabe gebracht.
Du schreibst von dem Regenwetter. Hier
ist den ganzen Sommer recht kalt und
auch regnerisch gewesen, so daß man kaum
etwas vom Sommer gewahr wurde. Manches
Fuder Heu ist halbtrocken eingefahren. Während
der ganzen Roggenernte war es trübes Wet-
ter, und auch vom Roggen ist manches Fuder
naß eingebracht. Doch ist ziemlich viel Stroh
gewachsen. Auch ist viel Hafer gewachsen.
Vor Hagelschaden hat uns der liebe Gott bisher
gnädig bewahrt, während in andern Gegenden
von Mecklenburg vieles Korn verhagelte.

Wie ich aus meinem Buch ersehe, vollendest du, liebe Cousine, am 31. Oktober das 69te Lebensjahr. Ich will dir jetzt nur gleich Gottes Segen zu Deinem Geburtstage wünschen. Du nahmst bei Eurer Auswanderung 3 Töchter mit hinüber nach Amerika: Wilhelmine, Marie und Elisabeth. Nun möchte ich, wenn du mir noch einmal wieder schreibst, gern wissen, welche von ihnen noch lebt. Gott segne dich, Deine Kinder und Kindeskinder! Sie werden wohl alle wünschen, die alte Großmutter noch eine Zeitlang hier zu behalten. Nun, Gottes Wille geschehe. Er wolle uns nur alle trachten lehren nach dem, was droben ist! Unsere Cousinen aus Kemmer, Graaks Töchter, sind alle tot. Die jüngste, Marie, starb in diesem Frühjahr, fast 80 Jahre alt. Ich möchte dich zum Schluß nun noch bitten, alle Deine Kinder, namentlich Deinen Sohn, herzlich von mir zu grüßen. Ich danke bestens für die beigelegte Photographie und sende dir die Photographie meiner Schwester Mine. Von mir selber habe ich gerade keine vorrätig. Nun seid alle Gott dem Herrn befohlen! Nur selig! das soll unsere Losung sein hienieden bis wir eingehen dürfen zu unseres Herrn Freude. – Grüße alle lieben Glaisiner in Eurer Nähe und sei du samt Deinem Sohn u. Deinen Töchtern bestens gegrüßt von

Deinem Vetter

Gottl. Gellhoff

Gestern zeigte ich der Frau Diehr das Bild Deines Sohnes. Als sie kaum einen Blick darauf geworfen, rief sie: Das ist ja Schäfer!

Briefe vom jüngsten Sohn des alten Lehrers

Auch sehr interessant sind drei Briefe von Theodor Gillhoff (1869-1959), dem jüngsten Sohn des alten Lehrers. Theodor ist nach Amerika ausgewandert und hat eine Stelle als Lehrer in Holyoke, Massachusetts bekommen. Der erste Brief ist an den Pastor in Victor, Iowa, wo Carl Wiedow und Familie Mitglieder der Kirche waren, geschrieben. Die anderen zwei Briefe sind an die Familie Jahlas gerichtet. Im Brief an den Pastor fragte Theodor, ob der Wiedow, der die Briefe geschrieben hatte, noch lebt. Die Veröffentlichung des Buches [1], das bereits drei Jahre früher erschien und wenigstens teilweise auf diesen Briefen beruht, ist nicht erwähnt. Trotzdem bestätigt Theodors Brief, daß der Briefwechsel zwischen Carl Wiedow und seinem Lehrer etwas besonders war. Kopien dieser Briefe hat der Autor durch das Entgegenkommen der Nachfahren der Familie Jahlas, nämlich Bill und Ruth Jahlas von Deep River, Iowa, erhalten.

Herrn Pastor Wm. F. Ullerich
Box 248, Victor, Iowa

62 Franklin St., Holyoke, Mass.
Nov. 3, 1920

Sehr geehrter Herr Pastor!
Gestatten Sie gütigst, daß ich Ihre Zeit für einen Augenblick in Anspruch nehme! – Mein vor einigen Jahren verstorbener Vater, Lehrer in Mecklenburg, Deutschland, stand viele, viele Jahre hindurch in Briefwechsel mit einem Wiedow in Victor, Iowa. Dieser Wiedow war als blutjunger Mensch nach hier ausgewandert. Alte, treue Anhänglichkeit an meinen Vater, der noch sein Lehrer gewesen war, und große Liebe zu seinem weltabgelegenen Heimatsdorf, Glaisin, sprachen aus seinen Briefen, und mein Vater war ihm in aufrichtiger Freundschaft zugetan. Vor etwa 15 Jahren machte Wiedow's ältester Sohn, ein Arzt, eine Deutschlandreise und besuchte bei der Gelegenheit auch meinen Vater.

Nun hat der Heimgang meines lieben Vaters dem Briefwechsel ein Ende gemacht. Wir aber, meine Brüder in Deutschland und ich hier, allesamt Lehrer wie mein Vater, möchten gern wissen, ob der alte Wiedow noch lebt. Er war unseres Vaters Freund und uns schon aus diesem Grunde wert. Durch seine Briefe, aus denen sein ehrliches Wesen und sein aufrichtiges Christentum sprachen, und die bei allem Ernst doch immer eine Fülle von derbem, goldenem Humor verrieten, ist er uns immer lieber geworden, so daß wir seine Spur nicht gern verlieren möchten. Sie würden mich daher sehr zu Dank verpflichten, wenn Sie mir mitteilen möchten, ob der Genannte, der jetzt ein Siebziger sein muß, noch lebt, und wenn das der Fall, welches seine Adresse ist. Meine Brüder schrieben vor einiger Zeit, daß sie meinten, er müsse von Victor verzogen sein.
Ihnen im Voraus aufrichtig für Ihre Mühe dankend, verbleibe ich
Ihr sehr ergebener
Theo Gillhoff

Bemerkungen: Theodor Gillhoff (1869-1959) ist das jüngste, Johannes Gillhoff (1861-1930) das dritte Kind des Lehrers, Gottlieb Gillhoff (1832-1915). Eine Fortsetzung des Buches, „Jürnjakob Swehn, der Amerikafahrer," war schon vor Johannes Gillhoffs Tod 1930 angefangen; es ist von Theodor vollständig gemacht geworden und wurde 1957 mit dem Titel, „Möne Markow, der neue Amerikafahrer," veröffentlicht. Obwohl das erste Buch 1917 veröffentlicht war, und dieser Brief 1920 geschrieben wurde, hat Theodor weder das erste Buch noch Pläne für ein zweites Buch erwähnt. Die Familie Wiedow hat über diese Bücher zuerst 1993 vom jetzigen Autor gehört.

62 Franklin St. Holyoke, Mass.
Jan. 10, 1923

Lieber Freund!
Euren Brief haben wir erhalten und das Bild dazu und haben uns sehr gefreut zu dem Brief und auch zu dem Bild. Ja, das ist nach meiner Meinung ganz und gar ein Tochter-Gesicht! Wir haben kürzlich auch Bilder von uns machen lassen und nach Deutschland geschickt; eins ist übrig geblieben, und das schicken wir

Euch. Weil Ihr so lange nicht geschrieben hattet, dachten wir schon, Ihr hättet uns wohl ganz vergessen; nun haben wir uns um so mehr gefreut und wissen nun, daß Ihr noch an uns denkt. Wir wissen aber auch, daß Ihr im Sommer und Herbst nicht viel Zeit habt zum schreiben. Euch noch ein fröhliches Neues Jahr zu wünschen, dazu ist es jetzt wohl eigentlich schon reichlich spät; aber ich denke, einen guten Wunsch nimmt man immer gern an, und so wünschen wir Euch ein recht frohes und gesegnetes Neues Jahr! Gott der Herr gebe Euch und uns alles, was wir an Leib und Seele gebrauchen zu diesem und jenem Leben!

Aus Deutschland hatten wir gerade in letzter Zeit viele Briefe. Es sieht schlecht aus dort. Die Franzosen geben keine Ruhe und fordern so viel, daß die Deutschen, auch wenn sie noch so fleißig sind, es beim besten Willen nicht aufbringen können. Dazu nehmen sie ihnen ein Stück Land nach dem andern weg. Die Deutsche Mark hat ja beinahe gar keinen Wert mehr. Mein Bruder Johannes hatte vor dem Krieg ein Gehalt von 5000 Mark das Jahr. Neulich schrieb er, daß er jetzt beinahe eine Million Mark das Jahr bekomme, lauter Papiergeld. Er meinte, wenn er einmal ausgehe, um etwas zu kaufen, so sei bald ein Handwagen nötig, um all das Papiergeld fortzuschaffen; aber was er dafür einkaufen könnte, sei so wenig, daß er es in der Westentasche nach Hause tragen könne. Ich habe mehrmals bei meinen Brüdern angefragt, ob ich ihnen ein paar Dollars hinausschicken solle, aber sie haben geschrieben, daß sei nicht nötig, sie könnten sich schon durchhelfen; wenn ich etwas geben wolle, so solle ich es andern Leuten geben, die es noch nötiger haben als sie. Das habe ich denn auch getan, habe auch in meiner Schule gesammelt und im Frauen-Verein unserer Gemeinde und im ganzen $140.00 hinausgeschickt an Anstalten für Kinder und ganz alte Leute. Ein Pastor aus Berlin schrieb mir neulich, eine 78jährige Frau sei zu ihm gekommen und habe um Hilfe gebeten. Sie wohnte in einem elenden Kellerloch und sah kaum noch einem Menschen ähnlich. Sie hatte schon seit Wochen Kartoffelschalen gekocht, Salz daran getan und den Brei gegessen. Das war ihre einzige Nahrung. So geht es Tausenden von alten Leuten. Sie können sich keine Kartoffeln mehr kaufen. Eine einzige mittelgroße Kartoffel kostet in Berlin 1-1/2 Mark. – Mein Bruder Karl in Eldena schrieb, daß der alte Jauert in Glaisin, den Mutter Jahlas gewiß noch kennt, noch lebt und noch ganz rüstig ist. Er muß schon sehr alt sein.

Sie meinen, daß Ihr Schreiben so schlecht sei. Das kann ich gar nicht finden. Aber wenn Sie lieber Englisch schreiben und Ihnen das Englisch-Schreiben besser von der Hand geht, so tun Sie es nur; ich kann es gut lesen und verstehen. Teilen Sie mir auch mit, ob Sie es lieber sehen, wenn ich deutsche oder englische Buchstaben schreibe; mir ist es gleich.

Wir freuen uns, daß Ihr eine gute Ernte gehabt habt. Ja, wir möchten gern einmal bei Euch sein und Eure ganze Wirtschaft sehen und vor allen Dingen Euch selbst sehen und sprechen und einen guten Mund voll Plattdeutsch reden mit Mutter Jahlas und Mutter Wiedow. Es ist sehr freundlich von Euch, daß Ihr uns einladet, Euch einmal zu besuchen. Wenn nur die Reise nicht so weit wäre und so viel kostete! Wir müssen jetzt tüchtig sparen, weil unser ältester Sohn auf dem Lehrer-Seminar ist und der Jüngste nächsten Herbst auch dahin geht. Ich habe großes Verlangen, einmal wieder unter Landsleuten zu sein. Vor einigen Jahren war ich auf einer Synodal-Versammlung in Kingston im Staat New York. Mehr als die Hälfte der Leute, die da zu der Gemeinde gehörten, waren Mecklenburger, und ich habe mich zu ihnen gefreut, und sie haben sich zu mir gefreut. Aber aus Glaisin und Umgegend war niemand da als ich. Ja, unser altes, liebes Glaisin! Nicht wahr, Mutter Jahlas, das vergessen wir nicht, so alt wir auch werden! Nun senden wir Euch viele herzliche Grüße und bitten Euch, auch die Familien Wiedow und Fründt zu grüßen.

Euer Freund Theodor Gillhoff

Bemerkungen: Der erwähnte Bruder Johannes ist Johannes Gillhoff, Autor des Buches [1]. Mutter Jahlas ist Dorathea (Schlichting) Jahlas (1854-1939), Witwe von John Jahlas (1850-1895). Er wurde bei dem unglücklichen Zugunfall in der Nähe von Deep River getötet. (Kapitel 8 dieses Buches). Mutter Wiedow muß Elisabeth (Schröder) Wiedow, Witwe von Carl Wiedow sein. Wie im Kapitel 3 gezeigt, hatte er viele der Briefe im Buch [1] geschrieben.

62 Franklin St., Holyoke, Mass.
Dec. 31, 1924

Liebe Freunde!
Allerdings habe ich in diesen tagen viel Arbeit; aber doch will ich das alte Jahr nicht vergehen lassen, ohne Euch wenigstens einen kurzen Brief zu schreiben und Euch zu danken für Euren Brief und Euer Bild. Wir haben uns sehr dazu gefreut. Aber die Mutter hätte ich nicht wieder erkannt. Ich denke, sie hätte mir 10mal auf der Straße vorbeigehen können, ohne daß ich gewußt hätte, wer das ist.

Wir danken Euch auch vielmals für die guten Wünsche zu Weihnachten und zu Neujahr, und wir wünschen Euch auch, daß Gott der Herr Euch ein frohes und gesundes und gesegnetes Neues Jahr geben wolle. Wir bitten ihn, daß er mit Euch und mit uns so tun wolle, wie es im Gesangbuch heißt: „Sprich deinen milden Segen zu allen unsern Wegen; laß Großen und auch Kleinen die Gnadensonne scheinen.“ Es hat uns um so mehr gefreut, von Euch zu hören, als wir schon dachten, Ihr hättet uns wohl ganz vergessen, weil Ihr so lange nicht geschrieben hattet.

Wir haben eine schwere Zeit hinter uns. Unser ältester Sohn wurde im September krank, gerade zu der Zeit, als er eine gute Stelle als Principal von einer Public School anfangen sollte. Er hatte *zu* fleißig studiert, mehr als seine Nerven vertragen konnten. Nun ist er bei uns zu Hause, und der Doctor sagt, daß er vor nächsten Herbst nicht wieder anfangen darf zu unterrichten. Der Jüngste studiert noch, war aber zu Weihnachten auch für eine Woche bei uns.

Aus Deutschland hatten wir ziemlich oft Nachricht. Mein Bruder Johannes wohnt jetzt in Ludwigslust und kommt oft nach Glaisin. Er hat neulich auch wieder den alten Jauert besucht. Der ist jetzt 87 Jahre alt und noch recht frisch und rüstig für sein Alter. Mein Bruder Johannes gibt jetzt ein Blatt heraus, das heißt „Mecklenburgische Monatsschrift.“ Das kostet für einen Monat eine Mark; hier im Lande wird es wohl ungefähr 35¢ den Monat kosten. Es enthält Geschichten und allerlei anderes aus Mecklenburg, auch viele Bilder. Wir wollen es uns auch halten.

Damit will ich schließen. Aber eins muß ich Euch doch noch erzählen. Der Lehrer in Glaisin, der jetzt dort an Vaters Stelle ist, glaubt an gar nichts und hält auch gar keinen Unterricht in Katechismus und Biblische Geschichte. Der Schulze in Glaisin ist jetzt der junge Düde, dem Förster gegenüber. Der ist neulich zu meinem Bruder in Ludwigslust gekommen und hat ihm erzählt, der Lehrer in Glaisin habe einen Aufsatz in der Schule schreiben lassen, und da habe ein großes Mädchen geschrieben: „Ich mag gar nicht mehr in der Schule sein. Da wird zu Anfang nicht mehr gesungen und gebetet und zum Schluß auch nicht. Das ist gerade so, als wenn eine Herde Vieh eingelassen und ausgelassen wird. Bei dem alten Lehrer ist das ganz anders gewesen." Da hat der neue Lehrer einen sehr roten Kopf bekommen.

Mit herzlichem Gruß für Euch alle und für Mutter Jahlas

Theodor Gillhoff

Sie haben doch in Clayton County gesiedelt

Unter denjenigen, die sich in New York versammelt hatten und dann nach Iowa gereist waren, ist die Familie Schröder von besonderem Interesse. Laut Passagierlisten sind Johann und Dora Schröder (58 und 45 Jahre) sowie Tochter Elise (21 Jahre) auf dem Dampfschiff Germania am 30. September 1868 von Hamburg abgereist und am 15. Oktober in New York angekommen, d. h. ungefähr einen Monat nach Swehn. Die Eldenaer Kirchenbücher bestätigen, daß alle drei in Glaisin geboren wurden. (Auf dem Schiff waren auch Heinrich und Elise Schultz und fünf Kinder, ebenfalls aus Glaisin.) Laut der Ankunftslisten ist Johann Schröder wahrscheinlich der Schröder, der Swehn das Geld geborgt hatte. Elise war später mit Carl Wiedow verheiratet. Übrigens, aus mündlicher Überlieferung konnten die Enkel der Wiedow-Schröder Familie bestätigen, daß der Großvater auf einem Segelschiff und die Großmutter auf einem Dampfschiff angekommen waren.

Für Swehn und seine Freunde wurde die Angst vor der Auswanderung vermindert, weil sie wußten, daß Verwandte und Freunde schon in Iowa wohnten. Die Auswanderung, ausgehend von der Eldenaer Gemeinde nach Clayton County, Iowa, war schon ein Jahrzehnt in vollem Gange und die ersten Siedler halfen denen, die später ankamen. Die Passagierlisten zeigen zudem, daß z. B. eine weitere Gruppe aus Glaisin schon am 21.05.1868 auf dem Dampfschiff Saxonia von Hamburg aus angekommen war. Dabei handelte es sich um die zwei ältesten Töchter von Johann und Dora Schröder, Marie und Minnie, sowie Dora Schröders jüngsten Bruder Johann Rösch mit Familie, und die Witwe von Johann Schultz mit vier Kindern (Johann und Heinrich Schultz waren Brüder) und einen Heinrich Timmermann. Alle siedelten sich in Clayton County an.

Weiterhin läßt sich sagen, daß Carl und Elisabeth ungefähr dreizehn Jahre in der Gegend wohnten, wo meine Familie gesiedelt hatte. Sie haben 1872 in Garnavillo geheiratet und die ersten zwei Kinder wurden 1873 und 1874 in Garnavillo getauft; das

Bild 6.1 – *St. Paul's Lutherische Kirche in Garnavillo, Iowa. Dieses Gebäude ersetzt die im November 1878 abgebrannte Kirche. (Photo von E. L. Knuth, 1993)*

Bild 6.2 – *Die 1874 geweihte Zion Lutherische Kirche in Clayton Center, Iowa. Vielleicht wurde das dritte Kind der Wiedows wegen der Zerstörung der Garnavillo Kirche 1878 durch Feuer im Jahr 1879 in der Nachbarkirche in Clayton Center getauft. (Photobeitrag von Diane Breitsprecher)*

dritte Kind wurde 1879 im Nachbardorf Clayton Center getauft. (Bilder 6.1 und 6.2) Diese Entdeckungen bestätigten meine Vermutungen, als ich das Buch zum ersten Mal las. Meine Urgroßeltern Garms haben 1856 in Garnavillo geheiratet; Großmutter Knuth (geb. Garms) und mein Vater wurden 1866 und 1886 in Clayton Center getauft.

Swehn schreibt, daß er und Wieschen zuerst eine Farm gepachtet hatten. Wahrscheinlich pachteten sie sie, solange sie im Clayton Co. wohnten. Die letzte Unterlage der Familie im Clayton Co. ist vom Juni 1880.

Brun [5] schreibt, daß Carl Wiedows Eltern, Bruder Johann und Schwester Anna 1870 ausgewandert waren. Sie waren schon in der Volkszählung von 1870 eingetragen und wohnten dann in Garnavillo Township. (Man bemerkt mit Interesse, daß Carl in der Volkszählung von 1870 nicht zu finden ist. Laut der Enkel ist er von Mecklenburg ohne Erlaubnis ausgewandert – im Bewußtsein, keinen Konsens zur Auswanderung zu finden. Hatte er irgendwie die Volkszählung 1870 vermieden?) Carls Bruder, Johann, heiratete 1875 Wilhelmine Müller; Johann, Minnie und Tochter Minnie sind in der U.S. Volkszählung von 1880 eingetragen und wohnten damals in Grand Meadow Township, Clayton County. Carls Schwester, Anna Maria, heiratete 1873 Heinrich Schrank; sie siedelten sich wahrscheinlich in Giard Township, Clayton County, an. Carls Vater Jochim ist 1888 in Iowa Co. gestorben. Unterlagen für die Mutter nach 1874 habe ich (trotz vieler Mühen) nicht gefunden.

Ein Dorf Springfield ist viermal im Buch [1] erwähnt. Es gab mal ein Springfield in Grand Meadow Township, Clayton County – 1869 gegründet, aber schon lange ausgestorben. Kai Brauer, Student an der Freien Universität Berlin, hat Unterlagen eines Springfield in Keokuk County, an Iowa County südlich angrenzend, entdeckt. Falls ein Dorf Springfield bedeutsam ist, deuten die Informationen auf das Springfield in Clayton County. 1880 wohnte Carl Wiedows Bruder entweder dort oder in der Nähe; ich habe keine Spur einer Familie Wiedow in Keokuk County entdecken können. Die erste Erwähnung von Springfield im Buch, anläßlich Jürnjakobs Heiratsantrag, ist nachvollziehbar; viele Einwanderer aus der Gemeinde Eldena siedelten sich zuerst in der Mitte des Clayton

County an, bevor sie später in den Norden des County's weiter gezogen sind. Vielleicht hat Gillhoff die anderen drei Erwähnungen von Springfield (ein Klaviergeschäft, einen Bahnhof und eine Zeitung) eingefügt, um einen inneren Zusammenhang herzustellen. Übrigens, heute ist Springfield der zweithäufigste Stadtname in den USA – gleich hinter Fairview.

Auch die Eltern und Geschwister von Elisabeth Schröder ließen sich zuerst im Clayton County nieder. Laut der Volkszählung von 1870 wohnten der Bruder John und die Eltern in Volga Township – die Schwester, Wilhelmine, mit Johann Heinrich Schultz verheiratet, in Garnavillo Township. Die Kirchenbücher zeigen, daß die älteste Schwester Maria, mit Karl Arend verheiratet, in der Nähe von Garnavillo wohnte. Weitere Details betreffend der Eltern sowie Geschwister von Carl Wiedow und Elisabeth Schröder sind in Kapitel 12 dargestellt.

Bild 7.1 *– Velda (Forney) Wiedow mit dem Sohn Clark vor der Veranda des Wiedow Hauses. Clark wurde im September 1915 geboren. (Photobeitrag von Sharon McKay)*

Einwanderer aus der Gemeinde Eldena ließen sich so häufig in der Nähe von anderen Einwanderern der Gemeinde Eldena nieder, daß eben heute das Telefonbuch der Gemeinde Garnavillo so aussieht wie das Telefonbuch der Gemeinde Eldena. Die Gemeinde Garnavillo erhielt ihren Name im Jahr 1846 in einer Umbenennung von Jacksonville nach Garnavillo. Hätten sie die Umbenennung drei Jahrzehnte später durchgeführt, wäre der Name Neu Eldena vorstellbar gewesen!

AUF EIGENER FARM

Laut Carl Wiedows Nachruf ist die Familie 1881 nach Iowa County umgezogen. Dies ist vereinbar mit der Volkszählung (im Juni 1880 sind sie noch in Clayton County gewesen) und mit den Kirchenbüchern in Iowa County (im Juli 1881 sind sie schon in Iowa County gewesen). In Iowa County kauften sie ihr eigenes Grundstück. Jürnjakob beschreibt [1] die Erfüllung seines amerikanischen Traums im Kapitel „Auf eigener Farm." Er schreibt, daß es viel Arbeit war, den Boden urbar zu machen, daß man Eisen im Blut haben müsse und daß es viel Schweiß koste. Er schreibt auch, um in Amerika Erfolg zu haben, müsse man aggressiver sein – und daß man leider nicht genug Zeit habe, so gemütlich wie in Mecklenburg zu leben. Und ein Farmer müsse alles sein – Zimmermann, Tischler, Stellmacher, Schmied, Maurer und Schuster. Die Anpassung war für die älteren Leute schwerer als für die jüngeren. Er beschreibt bis ins Detail und mit Stolz seine Farm – die Felder, Gebäude, Tiere, Maschinen, Ernte, Preise, usw. Auf das Haus war er besonders stolz. Es besaß acht Zimmer, feste Wände mit bunter Tapete beklebt, und große Fenster. Er war besonders zufrieden mit dem Fenster auf der Südseite, eine 3 mal 5 Fuß (90 mal 150 cm) große Scheibe mit kleinen bunten Scheiben herum, und mit der großen Veranda. Die Enkel erinnern sich heute noch an die Tapete, die auch im Bild 3.6 (s. Seite 39) eine Bestätigung findet. Das Haus war doch eine große Verbesserung verglichen mit der Kate in Glaisin.

2002 präsentierte Dr. Dieter Rakow [12] eine Zusammenfassung der Beschreibungen über die Farm vom Buch [1] und äußerte zudem Vermutungen über die Rassen der Tiere auf der Farm. Seine Ausführungen motivierten zu Fragen an zwei Enkelkinder von Carl Wiedow betreffend der Wiedow Farm [13]. Harold Wiedow und Alice (Wiedow) Wolf waren Kinder von Carl Wiedows jüngstem Sohn, Karl Heinrich, der im Buch „Hans" genannt wird, aber später im Leben als Charly bekannt

Bild 7.2 *– Eine Wiedow Familienversammlung auf dem Wiedow'schen Hof etwa 1929. Jürnjakob beschrieb das große Fenster im Hintergrund auf Seite 25 des Buches (2). Erste Reihe, von links nach rechts: Adena, Alice, Violet und Mary. Zweite Reihe, von links nach rechts: Clark, Velda (Forney) Wiedow, Margaret Sheppard, Elisabeth (Schröder) Wiedow, Bertha, Harold und Charly. Harold kann sich erinnern, dass der Hund ein Deutscher Schäferhund war. (Photobeitrag von Sharon McKay)*

war. 1910 verheiratet, hatte Charly nach und nach die Farm von Carl übernommen. Carl blieb auf der Farm bis er 1913 starb; seine Frau, Elisabeth (Wieschen) blieb auf der Farm bis sie 1924-25 zu der jüngsten Tochter, Bertha (Berti), nach Muscatine zog. (Bild 7.1 s. Seite 70, Bild 7.2) Harold ist zwei Jahre vor und Alice sechs Jahre nach dem Tod des Großvaters geboren. Weil die Farm vollkommen von Charly übernommen worden war, ist es wahrscheinlich, daß die frühen Erinnerungen von Harold und Alice uns einen unmittelbaren Einblick in Jürnjakob Swehns „Farm in Iowa" liefern können.

Im Kapitel „Auf eigener Farm" schreibt Jürnjakob Swehn, daß er Besitzer von zwei Farmen war; eine umfaßte 320 Äcker

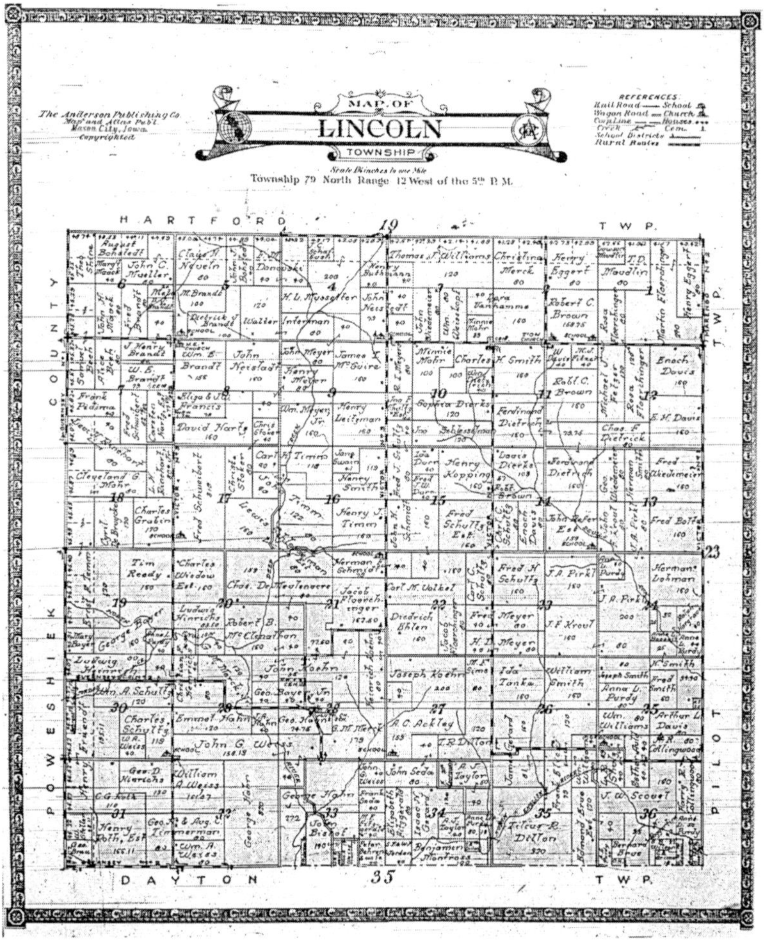

Bild 7.3 – *Landkarte des Lincoln Township, Iowa County, Iowa von 1917. Sie zeigt das 160 Acker grosse Anwesen des Charles Wiedow in Section 20. (Landkarte aus dem Atlas von Iowa County, Iowa. Mason City, Iowa: The Anderson Publishing Co., 1917)*

und die andere 160 Äcker. Beide, Harold und Alice, sind der Meinung, daß der Großvater nur eine Farm von 160 Äckern besessen hat. Weiterhin zeigt der *„Atlas of Iowa County"* aus dem Jahr 1917 nur ein „Charles Wiedow Estate" mit 160 Äckern und dem Inhaber Charles (Charly) Wiedow. (Bild 7.3) Die Iowa

Volkszählung von 1885 zeigt, daß Carl schon 1885 der Besitzer von 160 Äckern war. Akten zeigen weiterhin, daß Carl 80 dieser Äcker am 07.01.1885 erworben hatte; Akten für die anderen 80 Äcker habe ich noch nicht gefunden. Vielleicht übernahm Gillhoff die Idee betreffend einer zweiten Farm von einem anderen Auswanderer. Harold erinnert sich, daß er die Großmutter gefragt hatte, warum die Familie in dieser Nachbarschaft, waldig und ein bißchen hügelig, gesiedelt hatte; ein wenig näher an Victor, Iowa, gab es Boden, der baumfrei und flach war. Die Großmutter antwortete, daß der Großvater das Brennholz sehr gerne gehabt hätte.

Dr. Rakows Vermutungen betreffs der Farmtiere weisen auf Yorkshire Schweine hin. Er meint hingegen, daß die Hühner nicht Weiße Leghorn oder Rote Rhodeländer waren. Die Vermutung bezüglich der Hühner stammt von der Beschreibung des Hahns im Buch [1], nämlich daß der Hahn mit der Glocke um den Hals schwarz war. Harold und Alice erinnern sich an Poland China, Duroc und Hampshire Schweine; Buff Orphington und Plymouth Rock Hühner; Shorthorn Kühe; auch Clydesdale Zugpferde und ein Gespann Kutschpferde. Die Zugpferde waren von der Rasse, die durch die Budweiser Brauereiwagen bekannt waren. Die Kutschpferde konnten entweder als Zweispänner oder als Einspänner benutzt werden. Harold erinnert sich, daß er als Junge den Einspänner benutzte, um die Großmutter zur Kirche und zu den Familien Jahlas und Roesch zu fahren. Übrigens, meine Mitteilung, daß die Mutter seiner Großmutter eine Roesch war, ist ihm eine Überraschung gewesen. Er ist sicher, daß Ochsen nicht als Zugtiere benutzt wurden, aber daß Carl und Elisabeth die üblichen Hofkatzen und vielleicht einen Hund gehabt haben; Charly hat einen Schäferhund gehabt.

Der Ziehbrunnen, den Carl und Elisabeth hatten, reichte nicht aus. Zusätzlich gab es ein paar Wasserquellen auf der Farm. Aber spät im Sommer reichte die Kombination oft nicht. Dann mußte die Großmutter täglich die Kühe eine halbe Meile (0.8 km) zum North English River treiben.

Nördlich vom Haus, auf einem Acker, hatte Carl Obstbäume gepflanzt. Harold erinnert sich an reichliche Ernten von Äpfeln,

Birnen, Pfirsichen, Pflaumen und Aprikosen. Er erinnert sich auch an Stachelbeeren, Johannisbeeren und viele Weintrauben. Die Familie hat ihren eigenen Wein gemacht. Carl hat Weiden entlang der Gräben gepflanzt, um seine eigenen Zaunpfosten herstellen zu können.

Bild 7.4 *– Dieses Photo einer Dreschmaschine stammt aus einer Sammlung von Photos von 1919. Es scheint, dass diese Dreschmaschine keinen Trecker erforderte. (Photobeitrag von Susan Wehmeier)*

Laut mündlicher Überlieferung (mir durch Susan Wehmeier, Enkelin von Mame, überliefert), hat Carl seine Liebe für Obstbäume mit Mames Familie geteilt. Einen Sommer, anläßlich eines Besuchs bei Mame und Familie in Owosso, Michigan, pflanzte er sehr viele Bäume, einschließlich Kirschen und Quitten, die Mames Familie jahrzehntelang Freude gebracht hatten.

Dr. Rakow bemerkt, daß Jürnjakob Swehn nie von einem Trecker schrieb. Das Nichtvorhandensein eines Treckers ist keine Überraschung. Der Trecker wurde erst 1892 erfunden – übrigens, von einem John Fröhlich in Clayton County, Iowa. Meiner Meinung nach waren die Briefe von Carl Wiedow an seinen Lehrer, Gottlieb Gillhoff, um 1900 geschrieben. Damals war der Gebrauch von Treckern noch nicht weit verbreitet. Carl besaß nie einen Trecker – auch nie ein Auto. Charlys erster Trecker war ein Fordson – Baujahr 1918/1919 – der erste Trecker in Iowa County. (Bild 7.4) Sein erstes Auto war ein Model-T Ford

– Baujahr 1914. (Bild 7.5) Laut mündlicher Überlieferung, hatte Carl Wiedow früher einen Tante-Emma-Laden im Haus. Unter anderem verkaufte er alltägliche Kleidung an die Nachbarn. Aber er schloß den Laden, nachdem an einem Sonntag in der Kirche ein Saum in seinen neuen Hosen zerriß. Schweineschlachten haben die Nachbarn immer zusammen gemacht. Weil die Scheune der Wiedows (Bild 3.8 s. S. 41) ziemlich groß war, machten sie es gewöhnlich dort. Und Wein sorgte für Gemütlichkeit. Laut mündlicher Überlieferung war in einem Jahr so viel Wein eingeschenkt worden, daß die Männer Probleme hatten, die Schweine abzuschießen.

Bild 7.5 *– Auch dieses Photo ist aus der Sammlung von 1919. Das Auto ist wahrscheinlich Charly Wiedows Model T Ford. (Photobeitrag von Susan Wehmeier)*

Der Zugunfall

Die Bestätigung eines Ereignisses, das im Buch dargestellt ist, aber keine Beziehung zur Familie Wiedow hat, könnte darauf hinweisen, daß die Briefe im Buch aus Iowa stammen, würde jedoch nicht unbedingt einen Beitrag zur Identifizierung der Briefschreiber leisten. Ein dramatisches Beispiel ist die Beschreibung auf Seite 47 des Buches [1], der unglückliche Tod des Jochen Jalass. Swehn schrieb: „Aber Jochen hat ein trauriges Ende genommen. Als sein Bruder wieder besser war, wollte er mit ihm nach dem Town und Mehl gegen Korn eintauschen. Ein Krenzliner war auch noch dabei. Sie fahren mit der Karre auf den Schienen. Die Karren baut man hier gleich so, daß sie auf den Schienen spuren. Da kommt der Zug um die Ecke. Die beiden andern pressen sich gegen den Drahtzaun und machen sich dünn. Sie rufen Jochen zu, er soll sich auch dünn machen. Aber Jochen will noch schnell die Karre von den Schienen wuchten, daß es für den Zug kein Unglück gibt. Da faßt der Zug die Karre und schmeißt sie zur Seite, und ihn drückt es gegen die Karre. Er hat nur noch ein paar Minuten gelebt. Er gehört zu den Menschen, auf die man sich verlassen kann. Er war ein fleißiger Arbeiter. Es ist schade um ihn." Im Kirchenbuch der Kirche, in die die Familie Wiedow regelmäßig ging, findet man vom 27. Juli 1895 über Johann Joachim Jalass und Johann Albert Heinrich Seick den Eintrag: „Wurde von einem Eisenbahnzug getötet." Man bemerkt, daß Jürnjakob nur den Tod von Jalass erwähnte, während im Kirchenbuch zwei Todesfälle eingetragen sind. Es ist möglich, daß Jürnjakob den zweiten Todesfall nicht erwähnt hatte, weil dieses Opfer nicht aus Glaisin stammte. Die Übereinstimmung von Jürnjakobs Beschreibung mit dem Eintrag im Kirchenbuch bestätigt, daß die Briefe aus Iowa sind. Der Student Kai Brauer schrieb, daß er laut lachen mußte, als er den Eintrag im Kirchenbuch gefunden hatte. (Des Moines Sunday Register, den 28. September 1997) Seine Freude ist zu verstehen, da er beweisen wollte, daß das Buch eine wahre geschichtliche Darstellung, und nicht ein reiner Roman, ist.

Auf der anderen Seite hatte ich von Anfang an angenommen, daß es sich um eine wahre Geschichte handelte, hatte darüber hinaus aber den brennenden Wunsch, die echte Identität des Jürnjakob Swehn zu ermitteln. Deshalb war ich beeindruckt, als ich (schon 1988) den Eintrag im Kirchenbuch gefunden und (schon 1993) den Grabstein Jahlas photographiert hatte, forschte aber weiter mit der Überzeugung, daß die persönlichen Beschreibungen der Familie des Briefschreibers wichtige Beiträge zur Bestimmung der Identität desselben sein würden.

Der Johann Jalass, der durch den Zugunfall getötet worden war, war der Mann der Mutter Jahlas, die in dem Briefe in Kapitel 5 erwähnt ist – und der Mann der Schwägerin Frau Jahlas, die in den Briefen aus Hamburg in Anhang E erwähnt ist.

Den folgende Zeitungsbericht des Unfalls hat Ferne Norris von der Poweshiek County Historical and Genealogical Society freundlicherweise besorgt. Die Übersetzung stammt vom Autor.

Bild 8.1 *– Grabstein von John und Dorathea Jahlas. John wurde Opfer des Zugunfalls. Dorathea war die Mutter, die Jahlas in zwei Briefen erwähnt, die im 5ten Kapitel dieses Buches enthalten sind. Sie war auch die Empfängerin der zwei Briefe, die im Anhang E erwähnt sind. (Photo von E. L. Knuth, 1993)*

Poweshiek County Republican, den 31. Juli 1895

Von der Karre getötet

Um halb zehn Samstag Abend wurden zwei Männer namens Jallas und Seik an der Chicago & Northwestern Railroad, zwei und ein halb Meilen nördlich von Deep River, getötet. Sie waren Arbeiter an der Teilstrecke von Guernsey – zusammen mit dem Aufseher waren sie nach Deep River gegangen, um Mehl zu besorgen. Sie hatten ein paar Säcke Mehl auf die Handkarre geladen und fuhren kurz nach neun Uhr nach Hause ab. Ein paar Meilen nördlich von Deep River hatten sie auf einer Kreuzung gehalten und gelauscht, um festzustellen, ob ein Zug unterwegs sei oder nicht. Sie wußten, daß planmäßig kein Zug zu erwarten war, wollten aber die Gefahr von Sonderzügen ausschließen – denn auf dieser Strecke fahren oft „wilde" Züge. Da sie kein Zuggeräusch vernahmen, fuhren sie weiter in Richtung Guernsey. Sie waren nicht weit gekommen, als sie vom blendenden Licht eines Scheinwerfers, der sich um eine Kurve näherte, erschreckt wurden. Sie hielten gleich und versuchten, die Karre von der Schiene zu heben. Der Aufseher nahm einen Sack – die anderen beiden ebenfalls je einen – um die Karre leichter zu machen und sie somit heben zu können. Der ankommende Zug bestand aus einer Lok sowie einem Bremswagen – und kam sehr schnell. Plötzlich war der Zug da – der Aufseher sprang zur Seite und schrie, daß die Männer gleichfalls springen sollten – doch es war zu spät. Die Lok stieß die Handkarre furchtbar hart an und warf sie in die Luft. Jallas und Seik waren auf die gegenüberliegende Seite der Schienen geworfen worden. Gleich nachdem der Zug zum Halten gekommen war, wurden die Männer geborgen und in den Bremswagen gelegt. Mit der Lok wurde ein Arzt aus Deep River geholt, doch beide Männer waren schon tot, als der Arzt eintraf. Die Männer wurden nach Deep River gebracht, wo die Bahnleute die Anweisung bekamen, mit den Opfern zurück nach Guernsey zu fahren. Es war elf Uhr, ehe die Männer nach Hause gebracht waren. Inzwischen waren die Leute in Guernsey mittels Telegraphs vom schrecklichen Unfall informiert worden und zum Bahnhof gekommen, als die

Männer Guernsey erreichten. John Jallas wohnte in Guernsey und hinterließ eine Frau sowie sechs Kinder, die um seinen Verlust trauerten. Herr Seik war verheiratet und hatte ein Kind. Er war noch nicht lang in diesem Land. Die Nachricht dieser traurigen Begebenheit brachte viel Aufregung – sowie in Deep River als auch in Guernsey. Am Sonntag waren Gruppen von Männern auf den Straßen beider Städte zu sehen, die über das unglückliche Ereignis diskutierten.

Leichenbeschauer Conaway war bestellt. Er benannte eine Jury, die aus Jacob Slaymaker, Abe L. Fry und C. F. Dunton bestand. Aussagen vom Ingenieur, Heizer und Zugführer, aber auch von Joseph Jallas, Aufseher und Bruder des Opfers sowie von den Ärzten Grimes und Ormiston wurden aufgenommen. Es wurde entschieden, daß die Opfer durch einem unglücklichen Umstand ums Leben gekommen waren und niemand schuld an ihrem Tode trug.

Das Buch nochmal bedacht

Man sieht nun, das Buch besteht aus Briefen von Carl Wiedows Familie an Carl und Elisabeths Lehrer (Gottlieb Gillhoff), ergänzt mit Material aus anderen Quellen. Informationen von der Familie unterstützen, daß der Inhalt der ersten vier Kapitel (Die Überfahrt, Ein langer Monat, Auf eigener Farm, Indianergeschichten und Kinderbriefe) entweder vollkommen oder meistens auf Briefen von der Familie Wiedow begründet sind. Im Vorwort des Buches gibt Gillhoff zu, daß Ergänzungsstoffe von Rückwanderen, die durch Bremen kamen, enthalten sind – aber auch aus Briefen von anderen Auswanderern stammen. Brun [5] schreibt, daß das Material für die fünf Geschichten über Durchreisende (im Kapitel „Beim Maispahlen“) vom ältesten Bruder des Autors, d. h. von Friedrich kamen. Friedrich war von 1903 bis 1915 Auswanderermissionar in Bremen. Im bekanntesten Kapitel, „Am Sterbebett der Mutter,“ beschreibt Johannes Gillhoff schmerzlich das Sterben seiner eigenen Mutter am 8. April 1905. 1930 hat Gillhoff Krüger [10] mitgeteilt, daß dieses Kapitel ihm am meisten Arbeit gemacht hat. Er hat fünf bis sechs Entwürfe gefertigt bis er zufrieden war. Dafür ist es aber auch das bekannteste geworden und hat am meisten zu dem Buch beigetragen. Das Kapitel „Der Exam. Von einer jungen Lehrerin und von alten Erinnerungen“ schließt gewiß Material von Gillhoffs Nichte, Magdalene Gillhoff, ein. Sie besuchte die Vereinigten Staaten von April 1910 bis Juli 1912. Die Kapitel „Von Kirchen und Pastoren“ und „Allerlei Lesefrüchte“ könnten Sammlungen aus verschiedenen Quellen (einschließlich Wiedow) sein. Übrigens, Carl Wiedows Enkel sind sich sicher, daß der Großvater die Weltausstellung in Chicago nicht besucht hatte. Deshalb muß das Kapitel „Auf der Weltausstellung in Chicago“ ganz auf Erlebnissen von anderen begründet sein. Auch hörten die Enkelkinder nie, daß der Großvater Heimweh hatte. Das Kapitel „Jürnjakob, das ist Heimweh!“ ist vielleicht auch nicht von Carl Wiedow.

Frühe Auflagen des Buches enthielten ein Endkapitel, „Vom Krieg und vom deutschen Erwachen in den Staaten." Dieses Kapitel ist offenbar im 1. Weltkrieg geschrieben worden; es enthielt aufhetzende Äußerungen gegen die Engländer, ist kritisch gegen den amerikanischen Kriegsmaterialverkauf und übertreibt die prodeutschen Gefühle der deutschen Einwanderer in Amerika. Weil Carl Wiedow schon im November 1913 gestorben ist, und der Weltkrieg erst im Juli 1914 anfing, kann Carl Wiedow dieses Kapitel nicht geschrieben haben. Gillhoff war wahrscheinlich von der Bewegung der Zeit ergriffen und hat es selbst geschrieben. Spätere Auflagen enthielten es nicht.

Krüger [10] schreibt, daß die Geschichte des Buches 1899 anfing, als Johannes Gillhoff ein Päckchen mit Briefen aus Amerika vom Vater bekam. (Laut eines Neffen Johannes Gillhoffs waren diese Briefe, als das Manuskript für das Buch 1916 vollendet war, vernichtet.) Obwohl 1899 der Anfang des Buches sein könnte, stammt vieles (vielleicht sogar alles) von Wiedow aus späterer Zeit. Im ersten Kapitel „Die Überfahrt" schreibt Wiedow, daß er anfängt, Großvater zu werden, und daß sein Zweiter schon die Arbeit machen kann. Weil die ersten drei Kinder 1899, 1901 und 1898 geheiratet haben, und weil Karl Heinrich 1899 nur 15 war, ist es wahrscheinlich, daß der erste Brief über seine Erfahrungen in Amerika nach 1899 geschrieben wurde. Im Kapitel „Indianergeschichten und Kinderbriefe" schreibt Berti, daß sie schon konfirmiert ist. Weil die Kirchenbücher zeigen, daß Bertha den 05.04.1903 konfirmiert wurde, müßte dieser Brief mindestens vier Jahre nach 1899 geschrieben sein. Da Johannes Gillhoffs Nichte Magdalena von 1910 bis 1912 in Amerika war, ist ihr Beitrag nicht früher als 1910, und wahrscheinlich erst 1912, geschrieben worden.

Geschichtlich habe ich das Buch außerordentlich glaubwürdig gefunden. Das Kapitel „Am Sterbebett der Mutter" ist eine Ausnahme. Früh auf der Suche nach der Identität des Briefschreibers, habe ich auf die Informationen im Kapitel „Am Sterbebett der Mutter" zurückgegriffen, mit der Hoffnung, die Identität der Mutter des Briefschreibers dadurch zu ermitteln. Im Buch findet man drei Informationen: (1) „Ich habe letzten Mittwoch, den zwölften April, meine Mutter begraben.“ (2) „Mutter ist ihres Lebens alt geworden 72 Jahr 6 Mond und 5 Tage.“ (3) Bemerkungen die andeuten, daß sie etwa 36 Jahre nach Jürnjakobs Auswanderung gestorben ist. Diese Informationen reichen, um die Geburts- und Todesdaten innerhalb von etwa zwei Tagen zu ermitteln. Der Kalender zeigt, daß der 12. April ungefähr alle 6 Jahre am Mittwoch stattfindet, z. B. 1899, 1905 und 1911. Etwa 36 Jahre nach Jürnjakobs Auswanderung 1868 deutet etwa 1904 an, so daß man von den drei Beispielsjahren 1905 wählt. So entschloß ich mich, daß die Mutter ein paar Tage vor dem 12. April 1905 gestorben ist und ein paar Tage vor dem 7. Oktober 1832 geboren wurde. Meine Freundin Myra Voss und ich haben dann die Sterbedaten in Iowa für das Jahr 1905 nachgesehen – aber keines paßte zu Jürnjakobs Mutter. Eine Enttäuschung! Mehrere Jahre später fand ich in Krügers Erinnerungen [10], daß Gillhoff den Tod seiner eigenen Mutter beschrieben hatte. Die Eldenaer Kirchenbücher zeigen, daß sie am 8. April 1905 starb und am 12. April begraben wurde. (Anhang G) Laut Brun [9] ist sie den 7. Oktober 1834 geboren. Daß Gillhoff von seiner eigenen Mutter geschrieben hatte, ist bestätigt!

Trosts Übersetzung [2] des Buches habe ich auch geschichtlich glaubwürdig gefunden. Eine kleine Ausnahme findet man auf Seite 22, wo Trost dem Schröder den Vornamen Heine gegeben hat. In der deutschen original Auflage [1] ist kein Vorname angegeben. Ist er tatsächlich Elisabeth Schröders Vater, dann hieß er Johann. Trost und ich haben darüber gesprochen. Er erklärte, daß er in der Übersetzung zuerst mehreren Personen Vornamen gegeben hatte und später, um die geschichtliche Bedeutung zu erhalten, zurück zu den originalen Namen gegangen ist; Heine hatte er offenbar übersehen.

Ein zerbrochenes Herz

Die Nachkommen von Carl Wiedow sind fest davon überzeugt, daß Carl am gebrochenen Herzen gestorben ist. Die zweite Tochter, Lizzie, besaß wahrscheinlich einen besonderen Platz im Herzen des Vaters. (Nachdem ich diese Überlieferung gehört hatte, fand ich Lizzies Nähe zum Vater in Bild 3.7 – s. Seite 39 – bestätigt.) Sie starb früh und unerwartet im August 1913 mit 33 Jahren im Hospital, in dem Henry tätig war, an einer Kropfoperation, die nicht gefährlich sein sollte. Der Tod brach dem Vater das Herz; er starb drei Monate später im Alter von 66 Jahren. Er starb, ohne zu erfahren, wieviel Freude seine heimische Geschichte, voll von Weisheit, Herzlichkeit, Frömmigkeit und Humor, so vielen Lesern bringen würde. Seine Frau, Elisabeth, AKA Wieschen, lebte noch 17 Jahre, und ist 1930 im Alter von 83 Jahren gestorben. Mit dieser Einleitung ist der Leser eingeladen zwischen den Zeilen in den folgenden Nachrufen für Lizzie, Carl und Elisabeth zu lesen.

Nachruf Williamsburg Journal Tribune, den 07.08.1913

Elizabeth Caroline Wiedow ist am 31.10.1880 in Garnavillo, Clayton County, Iowa geboren, ist den 01.08.1913 in Worthington, Minnesota, mit 33 Jahren und 10 Monaten, gestorben. Als sie anderthalb Jahre alt war, sind sie und die Eltern nach Iowa County umgezogen, in der Nähe von Guernsey. Als Kind wurde sie in der Lutherischen Kirche konfirmiert und war seitdem ein gläubiges Mitglied. Mit 18 Jahren heiratete sie Louis C. Furney. In dieser Ehe ist eine Tochter geboren. Sie wohnten mehrere Jahre auf der W. E. Wilson Farm in der Nähe von Millersburg, dann sind sie nach Wisconsin gezogen. Bald danach sind sie in die alte Heimat in Guernsey zurückgekehrt. Dort wohnten sie, bis Lizzie starb. Die trauernden Hintergeblieben waren ihr Mann, Tochter Nola, Vater, Mutter, zwei Schwestern und zwei Brüder. Lizzie zu kennen, heißt sie zu lieben. Die vielen Trauernden auf der Beerdigung bestätigten die Liebe und Hochachtung, die alle für sie empfanden. Sie hatte für jeden ein freundliches Wort. Die Trauerfeier hielt Reverend Cole. Sie hat im Deep River Church stattgefunden, das Begräbnis auf dem U.B. Friedhof. Wir alle empfinden mit ihrer Familie und ihren Freunden tiefe Anteilnahme.

Nachruf Victor Record, den 26.11.1913

Carl Wiedow ist den 8. November 1847 in Mecklenburg-Schwerin, Deutschland geboren. 1868 nahm er von seiner alten Heimat Abschied und kam nach Amerika. Er ist in Clayton County, Iowa gelandet. 1871 hat er den heiligen Bund der Ehe mit Fräulein Elizabeth Schroeder geschlossen. 1881 zog er nach Iowa County um; in Lincoln Township gründete er seinen festen Wohnsitz. Er wurde sofort ein aktives Mitglied in St. John's Lutheran Church.

Im Sommer ist seine Tochter, Elizabeth, durch die kalte Hand des Todes von ihm genommen. Der Abschied erfüllte sein Herz mit tiefer Trauer.

Im August ging er und seine Frau nach Muscatine um sich zu erholen und zu Kräften zu kommen. Er wurde sehr krank, aber nach ein paar Wochen gewann er genug Kraft, um in seine alte Heimat zurückzukehren. Nach ein paar Tagen, verschlechterte sich sein Zustand und am 19. dieses Monats ist er, im Alter von 66 Jahren und 11 Tagen, ruhig verstorben.

Die Hinterbliebenen, die ihren Verlust betrauerten, sind seine Frau E. Wiedow, zwei Söhne Dr. Henry Wiedow von Worthington, Minnesota und Herr Carl Wiedow auf der Heimatfarm, zwei Töchter Frau M. Sheppard von Owosso, Michigan und Frau B. Nyweide von Muscatine, Iowa, sieben Enkelkinder, ein Bruder und eine Schwester.

Die Leiche wurde am 21. November auf dem St. John's Friedhof beigesetzt. Sein Pastor, Rev. Otto Kitzman, hat über den Text vom Psalm 23-4 gepredigt.

Von fern und nah sind viele Verwandte und Freunde gekommen, um ihrem verstorbenen Freund die letzte Ehre zu erweisen.

DER TOD RUFT FRAU E. WIEDOW

Achtzigjährige war ein Jahr krank; wird bei Victor beerdigt

Heute morgen um vier Uhr starb Frau Elisabeth Wiedow, mit 83 Jahren, im Hause ihrer Tochter, Frau Henry Nyweide, 1021 Newell Avenue. Sie war ein Jahr lang krank und starb an Altersschwäche.

Am 29. September 1847 in Deutschland geboren, kam Frau Wiedow als Mädchen nach Amerika und heiratete im Jahr 1867 Charles Wiedow; er starb 1913. Obwohl sie 16 Jahre in Muscatine wohnte, blieb sie Mitglied in der Lutherische Gemeinde in Victor.

Überlebende sind zwei Töchter, Frau Nyweide von Muscatine und Frau Mary Sheppard von Owosso, Michigan, und zwei Söhne, C. H. Wiedow von Victor, Iowa und Dr. Henry Wiedow von Pasadena, California; auch 12 Enkelkinder. Eine Tochter, Elisabeth, ist vor ihr verstorben.

Die Trauerfeierlichkeit leitete Herr Pastor Kreutz von Victor. Sie fand am Freitag um 1 Uhr auf der Newell Avenue statt. Begraben wurde sie in Victor.

Das Wittich Funeral House leitete die Trauerfeierlichkeiten.

Wie ging es mit den Kindern?

Im Buch sind drei Kinder von Jürnjakob und Wieschen erwähnt – Heinrich (der Arzt), Hans und Berti. Heinrich ist nur einmal mit Namen erwähnt – im Kapitel 3 [1]; gewöhnlich wurde er „der älteste Sohn," „der Arzt" oder „Bertis Bruder" genannt. Im Kapitel, „Indianergeschichten und Kinderbriefe," findet man Briefe von Hans und Berti.

Karl Wiedow und Elisabeth hatten fünf Kinder – die drei, die im Buch erwähnt sind, und noch zwei, Maria und Elisabeth. Alle fünf sind nun verstorben, der letzte 1973. Laß uns nun diese ein bißchen näher ansehen. U. a. wollen wir sehen, was für Lebensumstände sie im „Land der unbegrenzten Möglichkeiten" gewonnen haben. Erinnern wir uns, daß wenn Karl in Mecklenburg geblieben wäre, die Söhne sicherlich Tagelöhner geworden wären und die Töchter mit Tagelöhnern verheiratet gewesen wären.

Dr. Heinrich Wiedow

Der Lebenslauf des ältesten Sohns, Heinrich, ist der interessanteste. Glücklicherweise sind nicht nur Details, die mündlich in der Familie überliefert waren, sondern auch schriftliche Beschreibungen, sowie eine Biographie (Anhang B), sein Nachruf (Anhang C) und Briefe von seiner angenommenen Tochter Edie (Anhang D) zur Hand. Falls der Nachruf und die Biographie sich unterscheiden, halte ich die Biographie für zuverlässiger.

Heinrich war der einzige von den Kindern, der die Oberschule besucht hat. Die Oberschule war in Marengo, 20 km entfernt von Victor. Laut der Biographie, immatrikulierte er mit 20 Jahren. Vielleicht hatte er inzwischen ein paar Jahre auf der Farm gearbeitet. Er graduierte 1897 von der Oberschule. Viellcicht war das Familien-Photo (Bild 3.6 s. S. 39), worin Heinrichs Kleidung hervorragend ist, anläßlich seiner Graduierung aufgenommen

Wahrscheinlich began er sein Studium 1898 an der Universität Iowa. Vielleicht hat er inzwischen Geld verdient. Laut der

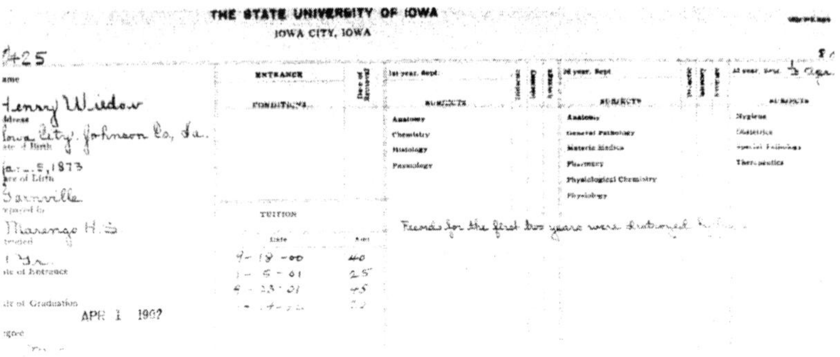
THE STATE UNIVERSITY OF IOWA
IOWA CITY, IOWA

Henry Wiedow
Iowa City, Johnson Co., Ia.
Marengo H.S.
APR 1 1902

ENTRANCE
TUITION
1st year. Sept.
SUBJECTS
Anatomy
Chemistry
Histology
Physiology
2d year. Sept.
SUBJECTS
Anatomy
General Pathology
Materia Medica
Pharmacy
Physiological Chemistry
Physiology
SUBJECTS
Hygiene
Obstetrics
Therapeutics

Bild 11.1 – *Protokoll vom College of Medizin der University of Iowa, Iowa City, Iowa. Datum der Diplomüberreichung - 1. April, 1902.*

Familie, hat er Fallen gestellt und die gefangenen Präriehühner verkauft, um Geld für die Universität zu verdienen. Auf der Universität studierte er zwei Jahre im „akademischen Programm," dann zwei Jahren im „College of Medicine;" er schloß sein Studium 01.04.1902 mit dem medizinischen Doktor ab. Unterlagen von der Universität Iowa zeigen, daß er für die letzten zwei Jahre $130 an Studiengebühren bezahlt hat. (Bild 11.1)

Bild 11.2 – *Henry und Cora (Simpson) Wiedow. (Photobeitrag von Sharon McKay)*

Er heiratete Cora Simpson, die Tochter einer Nachbarfamilie, am 4. Juli 1900, d. h. im Sommer zwischen dem „akademischen Programm" und seinem medizinischen Programm. In den ersten Ehejahren hat ihr Gehalt als Lehrerin im Haushalt geholfen. (Bild 11.2) Heinrich und Cora haben Deutschland dreimal besucht, 1902-1904 und wieder 1911 und 1913. 1902 studierte er sechs Monate in Wien und Berlin unter Dr. Adolph Lorenz, Begründer der „blutlosen Chirurgie," und unter Dr. Von Bergmann, Kaiser Wilhelms persönlichem Chirurgen.

Nach seiner Rückkehr von Europa, eröffnete er zuerst eine Praxis in Round Lake, Minnesota, danach 1904 in Worthington, Minnesota. (Bilder 11.3 und 11.4 s. S. 90) Während des I. Weltkrieges diente er als Leiter des „Minnesota State Medical Advisory Board." Dafür bekam er eine Medaille von President Wilson. Weil er an Tuberkulose erkrankte, zog er nach Kalifornien – zuerst 1923 nach Altadena und dann 1936 nach Twentynine Palms. In Twentynine Palms erholte er sich wieder. Dann hatte er die Idee, ein Hospital in Twentynine Palms aufzubauen. Er baute fast allein das erste steinerne Gebäude auf. Als er starb, war das Hospital so weit gekommen, daß es ein Dutzend oder mehr Genesende aufnehmen konnte (Bild 11.5 s. S. 90).

Bild 11.3 – Henry und Cora in Minnesota, 1902. (Photobeitrag von William Welch)

1919 haben Heinrich und Cora ein Mädchen, Edythe Ann (Edie), adoptiert. (Bilder 11.6 und 11.7 s. S. 91 u. S. 92) Die Mutter dieses Mädchens starb bei der Geburt des Kindes im Hospital, in dem Heinrich tätig war. Es gibt noch zwei Briefe die Edie geschrieben hat: einer ist

Bild 11.4 *– Henrys Pferde und Kutsche, Minnesota, 1902. (Photobeitrag von William Welch)*

Bild 11.5 *– Weihnachtskarte, die Henrys Krankenhaus in Twentynine Palms, California zeigt. (Photobeitrag von Susan Wehmeier)*

1940 an Tante Bertha (Wiedow) Nyweide kurz nach Heinrichs Tod und einer 1990 an Sharon McKay, Tochter der Alice (Wiedow) Wolf. Durch diese bekommen wir einen Einblick in die Karriere und die Persönlichkeit des Vaters. Zum Beispiel, im Brief an Sharon, schreibt Edie, daß, als Heinrich Worthington verließ, er Besitzer des Hospitals war. (Anhang D)

***Bild 11.6** – Henry und Tochter Edie in Altadena, California, 1926. (Photobeitrag von William Welch)*

***Bild 11.8** – Cora und Henry in seinem 1918 Buick, links seine Krankenschwester. (Photobeitrag von Sharon McKay)*

Bild 11.7 *– Henry, Tochter Edie und ihre Hunde Blondie, Topsy und Wags in Twentynine Palms, California, 1940, kurz vor Henrys Tod. (Photobeitrag von William Welch)*

Cora ist Heinrich 1928 im Tod vorangegangen. Nachkommen der Familie Charly Wiedow erinnern sich, daß eine Dame, namens Jennie, Heinrich in den dreißiger Jahren anläßlich eines Besuches begleitet hat und daß Heinrich und Jennie in einem Zelt auf dem Rasen geschlafen haben. Aber eine zweite Heirat ist in Heinrichs Nachruf nicht erwähnt.

Die Familie hat in Heinrichs goldener Uhr eine Inschrift entdeckt; die Uhr war ein Geschenk von einem Charles Baumer. Laut mündlicher Überlieferung hat Heinrich die Uhr anläßlich seiner Graduierung von der Oberschule bekommen. Sie ist ihm wahrscheinlich 1897 geschenkt worden. Charles Baumer ist 1907 in Marengo gestorben. In seinem Nachruf lesen wir, daß „junge Leute, im allgemeinen, zu tätigen Interessen von ihm angeregt wurden. Er widmete sich in seiner christlichen Arbeit, um unter seinem liebevollen Einfluss Wege für junge Leute zu finden." Hoffentlich wußte er vor seinem Tod, daß Heinrich von der Universität promoviert und eine erfolgreiche Praxis gegründet hatte.

Im Nachruf für Dr. Wiedow lesen wir, daß er tot unter seinem umgekippten Coupe gefunden wurde. Ein paar Minuten vorher, als er sein Hospital verließ, sagte er seiner Tochter Edie, daß er sehr müde sei, aber noch drei Patienten besuchen müsse. Lebenslang ist er ein Liebhaber von Autos gewesen, und besaß den Führerschein No. 1 in Nobles County, Minnesota. (Bild 11.8 s. S. 91) Es ist symbolisch, daß er in seinem Auto gestorben ist, während er unterwegs war, um leidenden Menschen zu helfen. Die Hochschätzung, die ihm in seiner Umgebung entgegen gebracht wurde, ist im redaktionellen Teil der örtlichen Zeitung (Anhang C), nach seinem Tod erschienen.

Bild 11.9 *– Eine Wiedow Familienversammlung, etwa 1917. Erste Reihe, von links nach rechts: Mary Wiedow, Harriet Sheppard, Elisabeth (Schröder) Wiedow, Mame (Wiedow) Sheppard, Bernice Sheppard, Harold Wiedow. Zweite Reihe, von links nach rechts: Henry Wiedow, Margaret Sheppard, Bertha (Wiedow) Nyweide. (Photobeitrag von Susan Wehmeier)*

Maria (Mame) Wiedow

Der Lebenslauf der ältesten Tochter, Maria (Kosename Mame), ist auch sehr interessant, besonders mit Rücksicht auf ihren starken Einfluss auf ihre Nachkommen. (Bild 11.9) Obwohl sie die Oberschule nicht besucht hatte, hatte sie die höchste Achtung für höheres Schulwesen. Sie selbst heiratete einen Knochenspezialisten, Dr. Cary Sheppard. Sie war felsenfest davon überzeugt, daß ihre drei Töchter nicht nur die Oberschule sondern auch die Universität besuchen sollten. Dr. Sheppard baute seine Praxis in Owosso, Michigan auf. Owosso liegt 120 km entfernt von Ann Arbor, Standort der Universität Michigan. Als die Zeit für die Mädchen kam, die Universität zu besuchen, richtete Mame für sich und die drei Mädchen eine zweite Wohnung in Ann Arbor ein. Alle drei Mädchen haben nicht nur den Grad B. A., sondern auch den Grad M. A. erreicht.

Alle drei Mädchen haben geheiratet, und ihre Männer waren auch Universitätsgraduierte. Diese drei Familien haben Mame vier Enkelkinder geschenkt, und alle Enkelkinder außer einem haben auch wenigstens einen Universitätsgrad erreicht.

Die Familie der ältesten Tochter von Mame ist für uns die interessanteste. Sie war mit Hobart Willard, Doktor der Philosophie in analytischer Chemie, Harvard Universität 1909, verheiratet. Viele Jahre war er als Professor der Chemie an der Universität Michigan tätig. Er ist wohlbekannt durch seine Feststellung des Atomgewichts von Lithium und durch seine Forschungen über Fluor im Trinkwasser. Die Familie Willard hat zwei Töchter; die älteste, Nancy, ist Lehrerin und Schriftstellerin – sie hat über 20 Bücher veröffentlicht. Im Buch, *Cracked Corn and Snow Ice Cream* (Gesprungener Mais und Schnee Eiscreme) stellte sie Geschichte und Bilder Ihrer Vorfahren zusammen. Zitate davon finden Sie in Kapitel 15. Unter den Bildern im Buch findet man ein Bild von Carl Wiedows Scheune.

Ohne Frage ist die Familie Sheppard-Wiedow eine sehr gelehrte Familie geworden. Und es geschah einfach durch Mames Wertschätzung einer akademischen Ausbildung – im „Land der unbegrenzten Möglichkeiten."

Elisabeth (Lizzie) Wiedow

Die zweite Tochter, Elisabeth, haben wir, betreffs Carl Wiedows Tod, schon erwähnt. (Bild 11.10) Sie starb früh und unerwartet im August 1913 mit 33 Jahren im Hospital, in dem Henry tätig war, anläßlich einer Kropfoperation, die nicht gefährlich war. Sie war mit Louis Forney, einem Zimmermann, verheiratet (Bild 11.11); weil sie die erste war, die heiratete (1898), könnte sie die Quelle von Swehns Bemerkung sein, daß er anfängt, Großvater zu werden. Lizzie und Louis hatten zwei Kinder; das erste ist früh gestorben, und die Familie hat den Kontakt mit dem zweiten wahrscheinlich verloren. Eine traurige Folge einer traurigen Geschichte.

***Bild 11.10** – Elisabeth (Wiedow) Furney. (Photobeitrag von Sharon McKay)*

***Bild 11.11** – Nach der Jagd. Links Louis Furney, Mann von Elisabeth Wiedow. (Photobeitrag von Sharon McKay)*

Karl (früher Hans, später Charly) Wiedow

***Bild 11.12** – Charly Wiedow mit seinem Jagdgewehr. (Photobeitrag von Sharon McKay)*

Der zweite Sohn war Karl Heinrich Wilhelm getauft. Im Buch finden wir einen Brief von Hans. Er benutzte den Namen Hans, vielleicht weil es damals zu Hause schon einen Carl und einen Heinrich gab. Er wurde später Charly genannt. Seine Interessen schlossen Photographie und Jagen ein (Bild 11.12) Er heiratete Velda Forney, eine Nichte des Gatten von Elisabeth. Sie hatten sieben Kinder (Bilder 7.1 s. S. 70, 7.2 s. S. 72 und 11.13). Er wohnte auf dem heimatlichen Hof bis zur Großen Depression; 1936 konnte er seine Schulden nicht bezahlen und ist nach Deep River umgezogen. Er wurde dann Kunsttischler. Ein Sohn, Harold Wiedow, wohnt noch in der Nähe vom Heimatplatz.

Mein erster Kontakt mit der Wiedow Familie, im Mai 1993, fand mit Harold, Alice und der Tochter von Alice statt. Besonders Harold, 1911 geboren, erzählte damals vieles über Großvater und Großmutter Wiedow (d. h. über Carl und Elisabeth) einschließlich, daß der Großvater bei dem Bau der

***Rechts außenBild 11.14** – St. John's Lutherische Kirche im Bau im Jahr 1895. Einer der auf dem Gerüst erkennbaren Männer ist Carl Wiedow. (Photobeitrag von Sharon McKay)*

***Rechts innen Bild 11.15** – Alice (Wiedow) Wolf im Schulhaus Nr. 4, wo sie als Kind zur Schule ging. Sie hält eine Tafel, auf der immer noch die Mathematikaufgaben aus jener Zeit zu sehen sind. (Photobeitrag von Sharon McKay)*

Bild 11.13 *– Ein Lamm und drei Töchter von Charly und Velda (Forney) Wiedow im Hof der Wiedow'schen Farm. Von links nach rechts: Alice, Violet und Adena Wiedow. (Photobeitrag von Sharon McKay)*

Kirche geholfen hat. Er erwähnte ausdrücklich den Bau des Turms. Jetzt wissen wir warum. Neulich hat jemand ein Photo gefunden. (Bild 11.14 s. S. 97) Es ist wahrscheinlich von 1895. Guckt man ganz genau hin, so sieht man zwei Arbeiter oben auf dem Turm. Harolds Meinung nach war Großvater Wiedow einer davon.

Im Buch [1] schrieb Hans von der Schule. Und zwar schrieb er von zwei Schulen – von einer deutschen Schule, d. h. St. John's Schule, und von einer englischen Schule, d. h. einer öffentlichen Schule. Das alte Kirchenschulhaus ist nun durch ein neues ersetzt; das kleine öffentliche Schulhaus, Lincoln Township Nr. 4, stand nördlich und ganz in der Nähe des Heimatplatzes. (Bild 3.9 s. S. 42 und Bild 11.15 s. S. 97) Es stand lange unbenutzt, viele Leute hatten das Dasein vergessen, und es ist neulich zusammengestürzt.

Bild 11.16 *– Bertha (Wiedow) Nyweide bei ihrem Hause in Muscatine, Iowa. Ihr Enkel Bill Nyweide sagt, dass sie diesen blühenden Baum besonders liebte. (Photobeitrag von Bill Nyweide)*

Bertha (Berti) Wiedow

Im Buch finden wir auch einen Brief von Swehns Tochter Berti. Berti ist sicherlich Carl Wiedows jüngste Tochter Bertha. Bertha zog nach Muscatine nach ihrer Heirat mit einem Bäckereifahrer von Muscatine und lebte da bis zu ihrem Tod 1973. (Bild 11.16) Man bemerkt mit Interesse, daß Berti im Buch einen Besuch in Muscatine erwähnt hat.

Bild 11.17 *– Überseekoffer aus dem Besitz von Bill Nyweide. In den Deckel ist der Name „Wiedow" geschnitzt. (Photo von E. L. Knuth, 1996)*

1996 besuchte ich Bill Nyweide, einen Enkelsohn von Bertha Wiedow; er wohnt noch im Haus, in dem Bertha und Familie gewohnt haben. Sie besitzen noch einen alten Koffer in dessen Deckel „Wiedow" eingeschnitzt ist. (Bild 11.17) Bill schenkte mir eine Kopie eines Briefes aus dem Jahr 1940 von Edie Wiedow (adoptierte Tochter von Heinrich) an Tante Bertha geschrieben. (Anhang D) Bertha und Henry Nyweide hatten einen Sohn Charly, nach seinem Großvater genannt. In ihren späteren Jahren, hat Elisabeth Wiedow, d. h. Wieschen, Muscatine zu ihrer Heimat gemacht. 1930 ist sie da gestorben.

Zusammenfassung

Im Buch schrieb Jürnjakob Swehn, „Im Dorf wär ich bei aller Arbeit doch man Tagelöhner geblieben und, wenn's hoch kam, Häusler, und meine Kinder wären wieder Tagelöhner geworden. – Hier habe ich mich frei gemacht. Hier stehe ich mit meinen Füßen auf meinem eigenen Boden und taglöhnere nicht beim Bauern." Es paßt zu Carl Wiedow und seinen Kindern. Carl Wiedow ist nicht Tagelöhner geblieben – und die Kinder sind sicherlich nicht Tagelöhner geworden!

Carl Wiedows Eltern

Carl Wiedows Eltern (Joachim und Sophie) und Geschwister sind 1870 ausgewandert – zwei Jahre nach Carl. Sie haben den Auswanderungs-Consens am 26. März bekommen (Bild 12.1), sind am 31. Mai an Bord des Schiffes Friedeburg nach einer Seefahrt von fast sieben Wochen in New York angekommen und siedelten sich in Garnavillo Township, Clayton County, Iowa an. Schon am 12. Juli waren sie in der Volkszählung von 1870 aufgezählt.

Nach der Volkszählung in 1870, findet man die nächste Spur von Joachim im Juni 1884 auf der Kommunikantenliste der St. Johns Kirche in Victor, Iowa County, Iowa. Danach erscheint er regelmäßig auf dieser Liste bis zu seinem Tod am 19. Januar 1888. Obwohl der Tod im Kirchenbuch St. John's verzeichnet ist, ist auf dem Friedhof St. Johns kein Grabstein zu finden.

Die letzte Spur von Sophie findet sich als Taufpatin von Carl Wiedows zweitem Kind am 06. September 1874 in Garnavillo. Trotz vieler Mühen von Forschern in Clayton County, in Iowa County, in Poweshiek County und in Mecklenburg, findet sich keine Spur nach 1874. Die Abwesenheit von Joachim und Sophie in der Volkszählung von 1880 ist ein Rätsel.

Carl Wiedows Bruder

Carl Wiedows Bruder, Johann Carl Friedrich, ist 1870 mit seinen Eltern und seiner Schwester ausgewandert. Aber, anders als Carl, tat Johann es mit Erlaubnis. Am 16.03.1870 bekam er schriftlich die Entlassung vom Militairdienst um nach Amerika auszuwandern; er war 19 Jahre alt. Den Auswanderungs-Consens bekam er zusammen mit seinen Eltern und der Schwester. Auf der Volkszählung von 1870 ist er mit

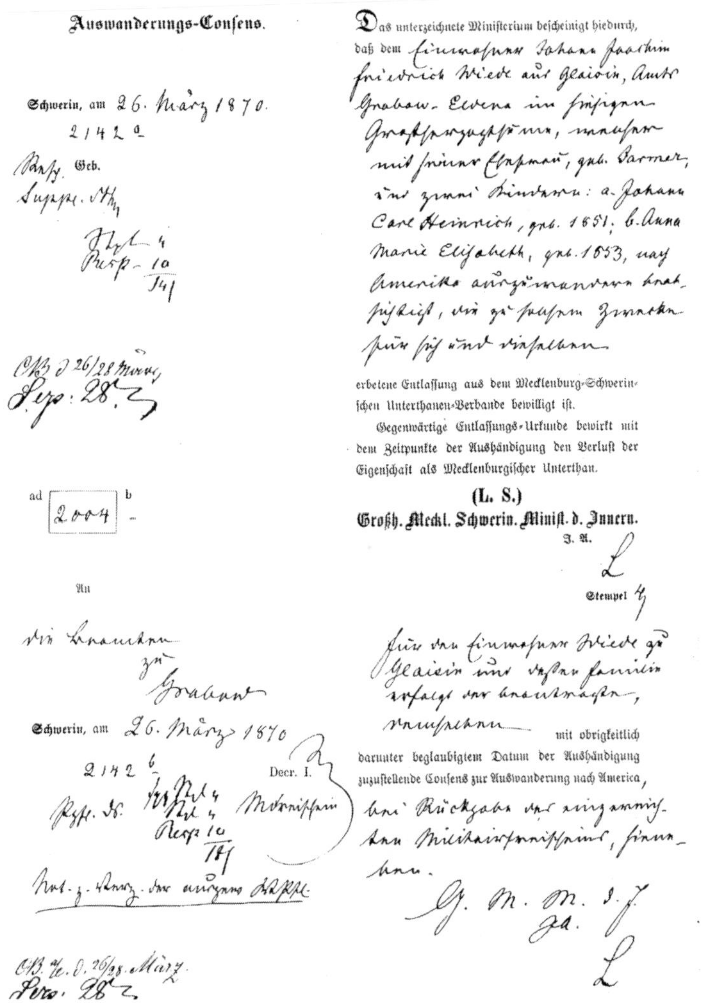

Auswanderungs-Consens.

Schwerin, am 26. März 1870.
2142 a

Das unterzeichnete Ministerium bescheinigt hiedurch, daß dem Einwohner Johann Joachim Friedrich Wiede aus Glaisin, Amts Grabow-Eldena im hiesigen Großherzogthume, welcher mit seiner Ehefrau, geb. Barner, und zwei Kindern: a. Johann Carl Heinrich, geb. 1851, b. Anna Marie Elisabeth, geb. 1853, nach Amerika auszuwandern beabsichtigt, die zu solchem Zwecke für sich und dieselben erbetene Entlassung aus dem Mecklenburg-Schwerinschen Unterthanen-Verbande bewilligt ist.

Gegenwärtige Entlassungs-Urkunde bewirkt mit dem Zeitpunkte der Aushändigung den Verlust der Eigenschaft als Mecklenburgischer Unterthan.

(L. S.)

Großh. Meckl. Schwerin. Minist. d. Innern.
I. A.
L
Stempel 4

ad 2004 b

An
die Beamten
zu
Grabow

Schwerin, am 26. März 1870
2142 b
Decr. I.

Für den Einwohner Wiede zu Glaisin und dessen Familie erfolgt der anliegende, vorstehend mit obrigkeitlich darunter beglaubigtem Datum der Aushändigung zuzustellende Consens zur Auswanderung nach America, bei Rückgabe der eingereichten Militairscheine, hierneben.

G. M. M. d. J.
I. A.
L

***Bild 12.1** – Auswanderungs-Consens von 1870 für Carl Wiedows Eltern, Bruder und Schwester. (Beitrag von Udo Baarck)*

seinen Eltern in Garnavillo Township, Clayton County, Iowa aufgezählt.

Johann heiratete Wilhelmine Müller am 29.03.1875 in Garnavillo. Im Kirchenbuch haben sie sich als Widoo eingeschrieben. Am 04.11.1876 ist eine Tochter, Wilhelmine Caroline Margarethe, geboren worden. Bei der Volkszählung von 1880 ist John Vedo, seine Frau Minnie und die Tochter Minnie in Grand Meadow Township, Clayton County, Iowa aufzufinden, entweder in oder in der Nähe des Dorfes Springfield. (Springfield war 1869 gegründet, aber ist schon seit mehreren Jahren ausgestorben. Bild 2.2 s. S. 27)

Ein Jahrzehnt nachdem ich John und Minnie durch die 1880 Volkszählung gefunden hatte, fand ich mich immer noch in einer Sackgasse; ich konnte nichts weiteres finden. Aber inzwischen hatte eine Urenkelin von John und Minnie Kontakt mit mir aufgenommen und wegen Einzelheiten in der Familienforschung angefragt. Die Informationen, die sie hatte, waren ungewöhnlich interessant. Ihre Großmutter, die Tochter von John und Minnie, war bei einem Onkel und einer Tante, Louis und Caroline (geb. Müller) Meyer, großgezogen worden. Caroline war eine Schwester der Mutter, Minnie (geb. Müller) Wiedow. Weiterhin, die Mutter und Großmutter dieser Enkelin hatten immer wieder verweigert, über den Hintergrund der Großmutter zu reden – und wurden sichtlich beunruhigt, wenn jemand danach fragte.

Zwar hatte ich einen Heiratseintrag im Kirchenbuch von Clayton Center, Clayton County für einen Johann Wiedow und Maria Schrodt mit Datum 21.02.1881 gefunden; auch einen Taufeintrag für eine Tochter, Marie Hennriette, am 08.01.1881 geboren und am 21.02.1881 getauft, d. h. getauft am selben Tag wie die Heirat. Aber ich hatte diese Unterlagen bei der Familie Johann Wiedow-Sophia Heidtmann (Anhang F) aus Leussow eingeordnet mit der Vermutung, daß der obengenannte Bräutigam Johann ein Sohn Johan von der Familie Wiedow-Heidtmann war. (Johan, am 13.05.1859 geboren) Weiterhin hatte ich es für unwahrscheinlich gehalten, daß der Bräutigam und der verheiratete John Vedo bei der Volkszählung von 1880, mit Datum 01.06.1880, ein und derselbe waren. Dann besuchte ich Clayton County nochmals im Oktober 1998 – anläßlich des 55-Jahres Treffens meiner Schulklasse – und stieß zufällig auf den Schlüssel des Rätsels. Während einer Untersuchung der Kirchenbücher von Postville, Iowa (ein Ort grenzend an Grand Meadow Township) las ich diesen Eintrag:

„den 10. Okt. 1880. Begraben: Wilhelmina Wido, geb. den 15. Jan. 1855 in Stolp, Preußischen Pommern. Gest. den 8. Okt. 1880 im Alter von 25 Jahre, 8 Monate und 23 Tage. Hinterlassen sind der Mann und ein Kind. An Schwindsucht gestorben."

Dieser Anhaltspunkt motivierte eine Nachprüfung der Familie Wiedow-Schrodt. Auf der 1900 Volkszählung fand ich John und Mary Wedow in Deep River Township, Poweshiek County, Iowa – nicht weit von Carl Wiedows Farm. Einträge im Kirchenbuch der nahen St. John's Kirche bestätigen, daß die Mary in der Volkszählung und die Mary Schrodt eine und dieselbe sind. Die Volkszählung dokumentiert auch, daß John im Januar 1851 geboren ist, sowie Carl Wiedows Bruder war. Weiterhin erinnert Harold Wiedow, Enkelsohn von Carl Wiedow, daß dieser John Wiedow der Bruder seines Großvaters war. Wir sehen nun, daß Johann Wiedow in der Tat vier Monate nach dem Tod seiner ersten Frau nochmals geheiratet hat. Und wir sehen nun auch, warum Minnie, das Kind der ersten Heirat, bei dem Onkel und der Tante großgezogen wurde – und warum sie sich geweigert hat, über ihren Hintergrund zu reden. Der Verlust der Mutter und die Trennung von dem Vater, als sie vier Jahre alt war, mußten schmerzlich gewesen sein.

Wahrscheinlich sind John und Mary kurz nach der Hochzeit nach Poweshiek County umgezogen; das zweite Kind war 1883 in der St. John's Kirche getauft. Sie hatten insgesamt vier Kinder; auch ein Nachkomme des ältesten Kindes hat Kontakt mit mir aufgenommen und um Details in der Familie angefragt. Mary ist mit 48 Jahren am 29. Okt. 1903 gestorben. Der Eintrag im Kirchenbuch enthält ungewöhnliche Einzelheiten. Sie starb an einem „Herzschlag infolge großer Anstrengung von Vieh aus dem Kornfeld getreiben". Es steht auch, daß sie „Schwach an Erkenntnis, schwach im Glauben" war. John ist mit 79 Jahren am 3. März 1930 gestorben. Laut des Kirchenbuches ist Mary auf dem Friedhof der St. John's Kirche begraben. Laut des Todesverzeichnisses vom Poweshiek County ist John auf dem Guernsey Friedhof begraben. Aber keines der beiden Gräber hat eine Markierung.

Nach der überlieferten Geschichte hat Carl Wiedows Familie nicht immer Johann Wiedows Behandlung seiner Familie gebilligt. Z. B. sie kritisierten Johann weil er seine Frau die offenen Stellen zwischen den Steinen in der Wand des Kellers mit der Hand in Schwerarbeit ausfüllen ließ.

Weiterhin ist an dieser Johann Wiedow Geschichte interessant: Als die zwei Nachkommen von Johann Wiedow Kontakt mit mir aufgenommen hatten, wußte der Nachkomme der ersten Heirat nichts von der zweiten Heirat; und der Nachkomme der zweiten Heirat hatte nie von der ersten Heirat gehört. Mit Einverständnis der beiden, habe ich eine Verbindung zwischen ihnen hergestellt.

Carl Wiedows Schwester

Die Suche nach Carl Wiedows Schwester, Anna Maria Elisabeth, 1853 geboren, hat viele Ähnlichkeiten mit der Suche nach dem Bruder. Auch sie ist zwei Jahre später als Carl ausgewandert, bekam den Auswanderungs-Consens zusammen mit ihren Eltern, ist mit den Eltern in New York angekommen und ist mit den Eltern in der Volkszählung von 1870 aufgezählt.

Schon früh während meiner Nachforschungen hatte ich Heiratseinträge für Heinrich Schrank und Marie Wido (Clayton Center, den 14.03.1873) und für Heinrich Schuldt und Marie Schrank (Clayton Center, den 16.07.1875) gefunden. Diese hatte ich auch bei der Familie Wiedow-Heidtmann eingeordnet – mit der Vermutung, daß die Braut Sophia Heidtmanns uneheliche Tochter, Maria Dorethea Friederike war, die 1843 in Deutschland geboren und 1858 in Garnavillo konfirmiert worden war. Ich hielt eine Heirat mit 19 Jahren für unwahrscheinlich. Nach einem Jahrzehnt fand ich mich immer noch in einer Sackgasse.

Motiviert durch die Erwähnung einer noch lebenden Schwester im Nachruf auf Carl Wiedow (1913), habe ich die Schult-Wiedow Familie noch einmal überprüft. Auf der Volkszählung von 1900 fand ich Henry und Mary Shulz in Saratoga Township, Howard County, Iowa. Laut der Volkszählung ist Mary im August 1853 geboren, so wie Carl Wiedows Schwester. Die sechs Kinder, die mit den Eltern aufgezählt waren, stimmten überein mit sechs der neun Schuldt-Wiedow Kinder, die in Clayton Center getauft waren. Erfolg!

Laut der Volkszählung von 1900 ist Heinrich Schuldt Dezember 1837 geboren. Auf der Passagierliste für das Dampfschiff Hammonia, mit Abfahrt den 13.05.1868 von Hamburg, findet man einen Heinrich Schuldt, 30 Jahre alt, gebürtig aus Gross Schmölen. Laut der Kirchenbücher Dömitz ist ein Johann Jürgen Heinrich Schult am 10. Dezember 1837 in Gross Schmölen geboren. Die Übereinstimmung dieser drei Unterlagen ist vollkommen.

Laut der Volkszählung von 1910, wohnten Mary und drei ihrer Kinder (Henry, Herman und Will) in Chester Township, Howard County, Iowa. Der Eintrag zeigt auch, daß Mary verheiratet war, d. h., daß sie keine Witwe war. Aber wo war ihr Mann?

Summarisch: 1873 heirateten Maria (AKA Marie und Mary) und Heinrich Schrank; sie wohnten in Farmersburg Township, Clayton County, wo 1874 eine Tochter geboren ist; Mai 1875 ist Heinrich gestorben. Juli, d. h. zwei Monate später, heirateten Maria und Heinrich Schult; wenigstens bis 1897 wohnten sie in Giard Township, Clayton County, wo neun Kinder geboren sind im Zeitraum von 1876 bis 1896; sie sind vor 1900 nach Howard County umgezogen und wohnten da bis wenigstens 1910.

Laut der Friedhofsliste für Clayton County, Iowa ist eine „Mutter Schuldt“, 1850-1914, auf dem Giard Friedhof begraben. Weil Maria (Wiedow) Schuldt 1853 geboren ist, in Giard von ca. 1875 bis wenigstens 1897 gewohnt hatte, und noch 1913 lebte (laut dem Nachruf von Carl Wiedow), scheint es wahrscheinlich, daß sie und diese „Mutter Schuldt“ eine und dieselbe sind. Weitere Informationen vom Giard Friedhof sind nicht möglich; nach dem Tod des Verwahrers der Verzeichnisse des Friedhofs hatte seine Witwe das Verzeichnis vernichtet, d. h. verbrannt!

Für die Nachkommen von Carl und Johann Wiedow, die ich kenne, war es eine Überraschung, daß Carl und Johann eine Schwester hatten. Wahrscheinlich hatten die Familien keinen Kontakt. Mit den Nachkommen der Schuldt-Wiedow Familie habe ich keine Verbindung aufgenommen.

Elisabeth Schröders Eltern

Elisabeth (im Buch, Wieschen) und ihre Eltern, Johann und Maria (auch manchmal Dorothea geheißen) sind zusammen ausgewandert. Sie haben die Formalitäten erledigt und haben den Auswanderungs-Consens am 05.08.1868 bekommen. An Bord des Schiffes Germania sind sie am 15.10.1868 in New York angekommen. Laut der Volkszählung von 1870 waren die Eltern, der Sohn John und ein Knecht Charles Remer auf einer Farm in Volga Township, Clayton County. Remer war auch aus Glaisin; ich habe Kontakt mit einem Enkel und einer Enkelin von Reimer. Laut der Volkszählung von 1880 waren die Schröder Eltern und der Sohn damals noch in Volga Township.

Der Vater ist am 14.03.1882 in Farmersburg, Clayton County an einem Schlag gestorben und ist auf dem alten Garnavillo Friedhof begraben. Der Grabstein, obwohl heute zerbrochen, ist noch vorhanden.

Maria ist am 30.03.1903 mit 81 Jahren bei der Familie Carl Wiedow gestorben. Zurückgeblieben sind 4 Kinder, 22 Enkel und 10 Urenkel. Sie ist auf dem St. John's Friedhof, in der Nähe von Victor begraben, nicht bei ihrem Man in Garnavillo.

Elisabeth Schröders Geschwister

Elisabeths Eltern hatten 8 Kinder. Vier, einschließlich von Zwillingen, sind früh gestorben, ein Zeichen des Standes der Medizin zu dieser Zeit. Die anderen vier, einschließlich Elisabeth, erreichten Iowa.

Die zwei ältesten Mädchen, Maria und Wihelmine, sind an Bord des Schiffes Saxonia am 21.05.1868 in New York angekommen – fünf Monate vor den Eltern und Elisabeth. Maria heiratete Karl Ahrends, aus Ludwigslust, am 22.10.1868 in Garnavillo, Iowa, eine Woche nachdem die Eltern in New York angekommen waren. Die Familie ist verzeichnet in Volga Township auf der Volkszählung von 1880, in Read Township auf der Volkszählung von 1900 und in Garnavillo

Bild 12.2 *– Ein Wiedow-Schröder Familienausflug in Muscatine, Iowa im Jahr 1919. Von links nach rechts: Unbekannt, Bernice Sheppard, Mame (Wiedow) Sheppard, Elisabeth (Schröder) Wiedow, Bertha (Wiedow) Nyweide, Mary (Bartels) Schröder und John Schröder. Vorn: Charles Nyweide. (Photobeitrag von Susan Wehmeier)*

Township auf der Volkszählung von 1910. Karl war Farmer; sie hatten 6 Kinder.

Wilhelmine heiratete John Schult am 20.08.1868 – zwei Monate bevor ihre Eltern und Elisabeth in Amerika angekommen sind. John war gebürtig aus Göhlen, aber seine Familie wohnte später in Glaisin. Sicherlich haben John und Wilhelmine sich schon in Glaisin kennen gelernt. Laut der Volkszählungen, fand sich die Familie 1870 in Garnavillo Township und 1880 und 1900 in Hartford Township, Iowa County. John war Farmer; sie hatten 9 Kinder.

Laut der Volkszählung von 1900 ist Elisabeths Bruder John schon 1867 ausgewandert. Wir finden, daß ein Joh. Schröder, 18 Jahre alt, an Bord des Schiffes Weser am 05.10.1867 in New York angekommen ist. Er war der erste der Schröder Familie in Amerika, und ist früher als Carl Wiedow angekommen. Laut

Bild 12.3 *– Eine Wiedow-Schröder Familienversammlung, etwa 1925, wahrscheinlich auf der Wiedow'schen Farm. Erste Reihe, von links nach rechts: Bernice Sheppard, Margaret Sheppard, Adena Wiedow, Mame (Wiedow) Sheppard (Mitte vorn!), Alice Wiedow, Velda (Forney) Wiedow. Mittlere Reihe, von links nach rechts: Mary Wiedow, Violet Wiedow, Elisabeth (Schröder) Wiedow, Mary (Bartels) Schröder, Cora (Simpson) Wiedow und Bertha (Wiedow) Nyweide. Dritte Reihe, von links nach rechts: Charles Nyweide, Henry Nyweide, Henry Wiedow (mit gepflegter Fliege) und John Schröder. (Photobeitrag von Susan Wehmeier)*

seinem Nachruf ist er zuerst in Michigan gelandet. Aber, wie schon erzählt, 1870 wohnte er mit seinen Eltern in Clayton County, Iowa. Am 09.01.1878 in Elkport, Clayton County, heiratete er Maria Bartels. Sie ist 1870 eingewandert und ist nicht die Maria Bartels, die 1882 von Glaisin ausgewandert ist. Laut der Volkszählung von 1880 wohnten John, Maria und Marias Mutter auf der Farm mit Johns Eltern. Später folgten John und seine Familie seinen Schwestern Wilhelmine (mit Schult verheiratet) und Elisabeth (mit Wiedow verheiratet) nach Iowa County, wo er in Hartford Township bis zu seinem Ruhestand ein Farmer war. Im Ruhestand wohnte er dann in Marengo, auch in

Iowa County. Zwei Familienphotos, die John und Maria zeigen, sind hier abgebildet (Bilder 12.2 s. S. 107 und Bild 12.3). Bild 12.3 ist bemerkenswert weil Elisabeth (siehe auch Bild. 12.4), der Bruder und drei der lebenden Kinder darauf zu sehen sind. John starb am 17.09.1927 in Marengo und ist da begraben. John und Maria hatten 6 Kinder.

Summarisch: Alle vier Schröder Kinder haben eine Familie in Amerika gehabt. Der Sohn war Farmer; die drei Töchter haben Farmer geheiratet. Insgesamt hatten die vier Familien 26 Kinder, von welchen 22 noch im Jahr 1903, als ihre Großmutter starb, lebten. Fügt man die 15 Kinder von Carl Wiedows Bruder und Schwester hinzu, so kann man sich wundern, wie viele Verwandte von Carl und Elisabeth heute in Iowa wohnen!

Bild 12.4 – *Elisabeth (Schröder) Wiedow, AKA Wieschen, etwa 1925, mit etwa 77 Jahren. Dieses Photo wurde vermutlich an der im vorherigen Photo beschriebenen Familienversammlung gemacht. (Photobeitrag von Susan Wehmeier)*

Zurückschauend sehen wir, daß die Wiedow und Schröder Familien, einschließlich der sieben Kinder, zuerst in Clayton County ansiedelten. Alle Kinder außerhalb der Ahrends-Schröder Familie sind schließlich weiter westlich gezogen, meistens in oder in die Nähe von Iowa County. Clayton County, besonders die Gegend rundum Garnavillo und Clayton Center, war das Ziel vieler Siedler, weil der Boden sehr reich ist und diese Gegend nah an dem Mississippi Fluss liegt. Als der Boden in Clayton County knapp und teurer geworden war, sind viele Farmer entweder nördlich (z. B. nach Postville) oder westlich (z. B. nach Iowa County) umgezogen. Die wichtigste überbleibende Frage handelt um die Mutter von Carl Wiedow. Wo ist sie nach 1874 geblieben? Wann und wo ist sie gestorben? Ihr Tod war nicht so wie er im Buch aufgeschrieben ist. Das wissen wir. Laut Krüger [10] hat Gillhoff in seinem letztem Jahr selbst bestätigt, daß er das Kapitel „Am Sterbebett der Mutter“ selbst geschrieben hat. (Anhang G) Einen Hinweis zur Wirklichkeit gibt es vielleicht in der 1880 Volkszählung, aber ich habe ihn noch nicht gefunden. Noch nicht!

STAMMBAUM: WURZELN UND ZWEIGE

Nachdem ich bestätigt hatte, daß Swehn tatsächlich ein Wiedow war, fand ich Interesse an Carl Wiedows Vorfahren. Weil beide unserer Familien Wurzeln in Mecklenburg haben, waren wir vielleicht verwandt? Außerdem, würde ich nicht die Genealogie der Familie Wiedow selbstvorantreiben, dann würde es bestimmt bald jemand anderes tun. So setzte ich mir das Ziel, die Genealogie der Familie Wiedow und die Enthüllung der wahren Identität Jürnjakob Swehns gleichzeitig zu veröffentlichen. Größtenteils durch Daten vom Family History Center (mormonischen Bibliothek) unterstützt, stellte ich langsam eine Ahnentafel und Familienblätter zusammen. Die Ahnentafel, in Form einer Ahnentafel für Carl Wiedows ältesten Sohn, Heinrich, ist im Anhang A dargestellt. Die Daten stammen aus Kirchenbüchern in Berge, Conow, Eldena, Gorlosen, Grabow, Groß Laasch, Groß Pankow und Muchow sowie aus der Mecklenburger Volkszählung von 1819. Obwohl inzwischen siebzehn Jahre vergangen sind, lege ich diese Ahnentafel gleichsam als momentanen Zustandsbericht vor.

Die Vorbereitung der Ahnentafel wurde erschwert, weil früher der Familienname oft so geschrieben war, wie er ausgesprochen wurde. Der Pastor in Grabow schrieb manchmal *Wiede*, manchmal *Wiedow*; der Pastor in Conow hat *Wiede* geschrieben; und der Pastor in Eldena schrieb *Wiedow*. In der Mecklenburger Volkszählung von 1819 findet man sogar *Wiese*. Für die Hilfe bei der Sortierung und Zusammenfassung der Daten unter den verschieden geschriebenen Namen bin ich Herrn Rolf Gödecke (Hamburg), Dr. Günther Schröder (Göttingen) und Herrn Friedrich-Wilhelm Witt (Radolfzell am Bodensee) sehr dankbar, die alle auch mit Mecklenburg eng verbunden sind.

Der nun verstorbene Dr. Günther Schröder hatte ein doppeltes persönliches Interesse am Jürnjakob-Swehn Buch – die Möglichkeit einer Verwandtschaft mit Wieschen Schröder und die Möglichkeit einer Verwandtschaft zwischen seiner Großmutter, einer Busacker, und der Familie Busacker, im Buch erwähnt, nachzuweisen. Obwohl wir eine Beziehung zwischen der Familie Knuth und Wieschen gefunden haben (mittels der gemeinsamen Vorfahren Sass-Meier in der siebenten Generation der Wiedow Ahnentafel!), ließ sich eine Beziehung zwischen Dr. Schröder und Familie Wiedow-Schröder leider nicht nachweisen.

Den väterlichen Zweig der Ahnentafel Carl Wiedows habe ich nur drei Generationen zurückverfolgt, zurück bis zu seinem Urgroßvater, Ernst Joachim Christian Wiede – in den Taufeinträgen seiner Kinder in Kleeste, Brandenburg, identifiziert. Als Beruf ist Hütmann (Hirt) angegeben. Die beschränkten Stellen im Dorf erforderten oft, daß der Sohn eines Hütmanns eine Stelle irgendwo anders annehmen mußte. Deshalb, im Vergleich zu Familien, die verwurzelt waren, sind Familienforschungen betreffs Hütmannfamilien oft erschwert.

In Kapitel 4 ist erwähnt, daß Johann Roesch ein Onkel von Elisabeth (Schröder) Wiedow war. Um diese Beziehung zu erklären, ist eine Nachkommentafel für Hans Jochim Roesch auch im Anhang A angegeben.

Damals in Mecklenburg hat der älteste Sohn gewöhnlich das Eigentum und den Stand der Familie geerbt. Beispielweise war im Fall der Vorfahren Elisabeth Schröders der Ururgroßvater, Adolph, Schulze. Der Urgroßvater, Christian, ist wahrscheinlich der älteste Sohn gewesen – und wurde auch Schulze. Der Großvater, Daniel Hinrich, war der zweite Sohn – und mußte zufrieden sein, Hauswirth zu werden. Der Vater, Johann Jochim Heinrich, war der vierte Sohn und ist Häusler geworden.

Die Unterlagen in Mecklenburg bestätigen, daß die wirtschaftlichen Chancen in Amerika sicher wichtig für die Auswanderung beider Familien (Wiedow und Schröder) waren. Falls die Unterlagen den Beruf erwähnen, ist auch der Beruf auf der Ahnentafel angezeigt. Wir sehen, daß Carl Wiedows Vater, Joachim, Tagelöhner und daß Elisabeth Schröders Vater, Johann, Häusler war. Beide konnten nicht auf bessere Lebensumstände hoffen. Auch für viele andere Mecklenburger fehlten damals gesicherte Lebensgrundlagen; die aussichtslose Lage zwang viele zur Auswanderung nach Amerika, in das „Land der unbegrenzten Möglichkeiten“.

Das Jürnjakob Swehn Photoprojekt

1997 organisierten drei gewerbsmäßige Photographen von Mecklenburg-Vorpommern (MV), nämlich Harry Hardenberg aus Stralsund, Walter Hinghaus von Schwerin und Bernd Lasdin aus Neubrandenburg, alle drei Absolventen der Leipziger Schule für graphische Darstellungs- und Buchkunst, ein Jürnjakob Swehn Photoprojekt. Das Ziel des Projekts war, Beziehungen zwischen dem Volk von MV und den USA dadurch zu erneuern, daß es Photos von MV in den USA ausstellte und dann Photos aus den USA in MV ausstellte. Hinghaus hatte von meinem Interesse an Jürnjakob Swehn von einem Herausgeber bei Stock & Stein, Verlegern der Zeitschrift *Mecklenburg* in Schwerin, gehört. Im Juni 1997 hatte ich mein erstes Manuskript [17] an *Mecklenburg* geschickt. Die Photographen hatten schon einen Antrag an den Staat von MV für finanzielle Hilfe gestellt für einen vierwöchigen Besuch in den USA, und sie fragten, ob ich bereit wäre, ihnen z. B. bei Anordnungen und Übersetzung zu helfen. Da alle drei in Ostdeutschland aufgewachsen waren, hatten sie nur kleine Reisen außerhalb von Ostdeutschland gemacht, und sie sprachen nur wenig Englisch. Mir kam ihre Anfrage sehr gelegen: die Photographen vorzustellen und Ergebnisse meiner Forschungen zu präsentieren war eine nützliche Kombination. Also war ich mit Vergnügen einverstanden, ihnen während ihres Aufenthalts in Iowa zu helfen. Sie erhielten anschließend eine Subvention von 15.000 Mark von MV, und das Projekt wurde Realität. Sie brachten 90 Photovergrößerungen in die USA und verbrachten je eine Woche in Iowa, Milwaukee, Charlotte (Mecklenburg County, North Carolina) und New York, um auszustellen und zu photographieren. Die begeisterte Genealogin, Myra Voss, arrangierte den Besuch in Iowa. Myra ist eine langjährige Freundin von mir und ist Präsidentin des Clayton

County Chapters der Iowa Genealogical Society. Höhepunkte des Besuchs waren die Präsentationen in der Kirche in Clayton Center (Clayton County), wo das dritte Kind von Carl Wiedow und Elisabeth Schröder (Bild 14.1) getauft wurde, und in der Kirche in Victor (Iowa County), in die die Familie Wiedow nach ca. 1881 (Bild 14.2) ging. Diese Präsentationen umschlossen Einleitung zum Buch [1], ein Lesen der Auswahl von jenen Teilen des Buches, das ich übersetzt hatte, einen Bericht über meine Suche nach Jürnjakobs Identität, eine Ausstellung der Photos von MV und das Aufnehmen von Photos.

Die Präsentation in Clayton Center wurde an demselben Wochenende wie das jährliche „Germanfest" im naheliegenden Monona gehalten; die Photographen erlebten und photographierten auch diese Iowa Version des Münchener Oktoberfests. Von den mehr als 10.000 Photos, die in den USA aufgenommen worden sind, sind ausgewählte Photos in Glaisin, Schwerin, Stralsund und Berlin ausgestellt worden.

***Bild 14.1** – Zion Lutherische Kirche in Clayton Center, Iowa. Eingeweiht 1874. Elisabeth, drittes Kind von Carl und Elisabeth Wiedow, wurde 1879 hier getauft. (Photo von E. L. Knuth, 1997)*

Bild 14.2 *– Nachkommen von Carl und Elisabeth Wiedow, die beim Vortrag am 06.10.1997 in der St. John's Lutherischen Kirche in Victor, Iowa anwesend waren. Stehend, von links nach rechts: Violet (Wiedow) Wise, Sharon (Wolf) McKay, Alice (Wiedow) Wolf, Donald McKay, Harold Wiedow, Clark Wiedow. Sitzend, von links nach rechts: Kyle McKay, Alicia McKay. (Photo von E. L. Knuth, 1997)*

Übersetzung des Buches

Es war während des Besuchs 1997 in Iowa, daß ich Dick und Betty Trost kennengelernt habe. Schon bei der Clayton Center Darstellung hatte Larry Allan, Herausgeber der Hawkeye Heritage, erwähnt, daß Pastor Trost eine Übersetzung des Buches begonnen hatte. Zwei Tage später stellten Dick und Betty sich bei der Victor Präsentation vor. Wir bekundeten unser gegenseitiges Interesse am Buch – stellten fest, daß wir beide das Buch zu übersetzen begonnen hatten. Dick erwähnte übrigens, daß Prof. Kamphoefner das Buch etwa 1991 zu übersetzen begonnen hatte, aber das Projekt fallen ließ, als er erfuhr, daß Dick es schon tat. Dick wurde eingeladen, am Programm teilzunehmen. Meine Darstellung schloß mehrere Teile von dem ein, was ich übersetzt hatte; nach meiner Darstellung las Dick mehrere Absätze vor, die er übersetzt hatte. Unsere Bemühungen um eine Übersetzung hatten sich offensichlich überschnitten. Als wir uns trennten, beschlossen wir, daß er mit seiner Übersetzung weitermachen würde und daß ich meine Aufmerksamkeit auf die Identifizierung und Charakterisierung des Briefschriftstellers richten würde. Seine Übersetzung [2] erschien drei Jahre später in Druck. Ich denke, daß mein Interesse am Buch seine Übersetzung beschleunigte; anscheinend, während das erste eine Drittel der Übersetzung mehr als sechs Jahre dauerte, dauerten die letzten zwei Drittel weniger als drei Jahre! Jetzt sieben Jahre später kombiniere ich die einzelnen Lageberichte in meinen Forschungen, die ich seit dem Oktober 1997 entweder präsentiert oder herausgegeben habe, und dehne sie auf die gegenwärtige Veröffentlichung aus.

Die Johannes Gillhoff Gesellschaft

Die Johannes Gillhoff Gesellschaft, 1993 [15] gegründet, strebt an, das literarische Erbe von Johannes Gillhoff zu verbreiten, die Auswanderung von Glaisin und Umgebung nach Amerika zu dokumentieren und die lokalen Sitten und die lokale Geschichte zu erhalten. Die Mitglieder haben einen alten Klassenraum vom alten Schulhaus in ein kleines Museum umgewandelt, das Gillhoff-Stuv genannt wurde. (Bild 14.3) Hartmut Brun trug über Johannes Gillhoff bei und Udo Baarck besorgte die Exponate und Unterlagen über die Auswanderung nach Amerika. Beide sind Gründungsmitglieder der Gesellschaft. In Kooperation mit dem Kulturkreis Mecklenburg e. V. hält die Gesellschaft jährlich die Gillhoff-Tage während des zweiten Wochenendes im Juni ab. 1998 war das Thema des Gillhoff-Tages „In dem Streben nach eigen Land und Hüsung," d. h. so wie das zentrale Thema des Buches [1]. Hartmut Brun sprach über „Johannes Gillhoff als Autor des Romans ‚Jürnjakob Swehn, der Amerikafahrer',„ Udo

***Bild 14.3** – Johannes-Gillhoff-Gedenkstein beim Alten Schulhaus in Glaisin, Mecklenburg. Das Photo wurde anläßlich des Besuchs des Autors (auch im Bild) im Jahr 1997 gemacht. (Photo von M. Knuth)*

Baarck und Kai Brauer sprachen über „Wege zu Jürnjakob Swehn“, und ich beantwortete die Frage „Wer war Jürnjakob Swehn?“ Bei den Einladungen der Gesellschaft wurde das hier in Kapiteln 11-13 gezeigte Material zu den anschließenden Gillhoff-Tagen in den Jahren 1999-2001 präsentiert. Um die Dokumentation von der Auswanderung von Glaisin und Umgebung nach Amerika zu erweitern, besuchte Baarck im Oktober 1998 Minnesota und Iowa. Er nahm eine Auswanderungsliste von Glaisin mit. Ich hatte das Vergnügen, ihn in Clayton County, Iowa zu bewirten. Der Besuch wurde arrangiert, so daß es für Baarck möglich war, auch das Treffen meiner Schulklasse und das jährliche örtliche „Germanfest“ zu erleben. Er fand so viele Dokumente und so viele Nachkommen der Immigranten, entsprechend der Einwanderungsliste, daß er 1999 und 2001 zurück kam, um seine Nachforschungen fortzusetzen.

Ein Jürnjakob Swehn Klassenprojekt

Am Ende des Schuljahres 1997-98 besuchte eine Gruppe Schüler vom Goethe Gymnasium in Schwerin eine Ausstellung von Photos, die Walter Hinghaus während des oben erwähnten Jürnjakob Swehn Photoprojekts gemacht hatte. Die Photos lösten den Wunsch aus, alles mit eigenen Augen zu sehen. Während des folgenden Herbstes organisierten 15 Schüler unter der Führung von ihrer Lehrerin Cornelia Heine ein Reise-Projekt. Sie haben es „Die Amerika-Fahrer" genannt, im Anklang an den Namen des Buches „Jürnjakob Swehn, der Amerikafahrer". Sie teilten die Aufgaben in drei Gruppen ein: (a) die Namen, Adressen und Zielorte von Auswanderern aus Schwerin, Hamburg und Bremen suchen (b) im wesentlichen über das Internet, andere mit Interessen an Auswanderung und/oder an Swehn zu finden, und (c) Unterstützung für eine Klassenreise in die USA, einschließlich in die Nachbarschaft, in der die Familie von Carl Wiedow gelebt hatte, zu organisieren. Mein Kontakt mit der Klasse begann im Februar 1999. Die schwierigste Aufgabe für die Klasse war die Beschaffung von Geldern für die Reise in die USA. Sie nutzten den 250. Jahrestag der Geburt von Goethe und den 50. Jahrestag der Gründung ihrer Schule aus, um ein Goethe Café für die sechstägige Feier der Schulgründung zu organisieren und mit Personal zu besetzen. Das Café wurde solch ein Erfolg (auch finanziell), daß es Beiträge zu ihren Reisegeldern in der Form von Spenden motivierte. Zusätzliches Geld wurde durch die Teilnahme an einer Ortsverkehrsstudie gesammelt. Das Projekt kulminierte im September 1999 in einer zehntägigen Reise nach Amerika. Sie besuchten Des Moines (von Pastor Trost bewirtet), die St. John's Kirche in Victor (wo Carl Wiedow die Kirche besuchte und begraben wurde), Milwaukee (eine der größten deutschen Niederlassungen in Amerika), Clayton County (von Myra Voss bewirtet) und Chicago (eine große amerikanische Stadt). (Bild 14.4). Ich hatte das Vergnügen, bei den Vorbereitungen für den Besuch bei Clayton County zu helfen. Die Klasse schlief im Voss Bauernhaus und besuchte ein High-

School Homecoming Footballspiel und Tanz bei Elkader. Sie schrieben zurück, daß die Reise „einfach toll“ war.

***Bild 14.4** – „Die Amerika-Fahrer,“ vom Goethe Gymnasium, Schwerin, Mecklenburg, bei der St. John's Lutherischen Kirche in Victor, Iowa, am 21.09.1999. (Photobeitrag von Cornelia Heine)*

775 Jahre Eldena

Im Juli 2004 feierte das Dorf Eldena den 775jährigen Jahrestag der Gründung des Nonnenklosters Eldena im Jahr 1229. Eingeschlossen waren ein Chronikabend am Freitag des 2. Juli, ein Festumzug am Samstag des 3. Juli und die Veröffentlichung einer 233seitigen *Chronik Eldena, 1229-2004*. Am Chronikabend redeten Dorfhistoriker Marina Kappe (eine Einführung in die Geschichte Eldenas und die Auswanderungen), Udo Baarck aus Glaisin (über die Auswanderung von Eldena), Friedrich-Wilhelm Witt von Radolfzell (mit frühen Erinnerungen an Eldena), Eldon Knuth aus Kalifornien (über Auswanderungen von Mecklenburg und über Jürnjakob Swehn) und Rolf Goedecke aus Hamburg (der Computer als ein Werkzeug für Ahnenforschung). Der Höhepunkt meiner Rede war das Verlesen eines Grußes von Harold Wiedow, einem Enkel von Carl Wiedow und Elisabeth Schröder (AKA Jürnjakob Swehn und Wieschen Schröder) an die Versammlung. Der Gruß lautet:

„Im Jahr 2004

Sehr geehrte Mitglieder der Gemeinde Eldena!
Als Enkel zweier früherer Mitglieder der Gemeinde Eldena, namentlich Carl Wiedow und seiner Ehefrau Elisabeth Schröder, ist es eine Ehre, anläßlich der 775 Jahresfeier Eldena, herzliche Glückwünsche zu schicken.

1929 hatte meine Großmutter, mit 81 Jahren, anläßlich der 700 Jahresfeier, Glückwünsche geschickt. Nun, 75 Jahre später, mit 93 Jahren, ist es für mich eine hohe Ehre, dies Grußwort im Namen der Nachkommen Wiedow aus Amerika zu übermitteln. Ich wohne in Iowa, nur ein paar Kilometer entfernt von der Farm, auf der Carl und Elisabeth auf eigener Farm gesiedelt und ihre Familie aufgezogen haben. Sie haben wahrscheinlich schon Bilder von dieser Gegend gesehen: das Haus, das Großvater erbaut hatte, den Hof, die Kirche wo er beim Bau geholfen hatte, und schließlich den Grabstein auf dem Kirchhof St. Johns, wo sie beigesetzt sind.

Wir, die Nachkommen von Carl und Elisabeth, sind sehr froh, daß Professor Knuth uns gefunden hat und uns mit der Kirche und dem Dorf, aus dem Carl und Elisabeth ausgewandert waren, in Verbindung gebracht hat. Auf unsere Herkunft sind wir sehr stolz. Herzliche Glückwünsche zu diesem denkwürdigen Anlaß. Hoffentlich gibt es noch viele solche Feiern!

Harold Wiedow"

Das Paradethema war die Geschichte von Eldena. Von besonderem Interesse für den Autor war ein Paradewagen, der die Seereise von Carl Wiedow nach Amerika beschrieb. (Bild 14.5). Die Schrift auf den vier Segeln des Schiffs lautet: „Carl Wiedow sucht sein Glück in Amerika. 1847 – In Bellevue geboren, in Eldena getauft. 1868 – von Glaisin nach Amerika ausgewandert. Carl Wiedow ist Jürnjakob Swehn."

Carl Wiedow ist wirklich ein Teil der Geschichte Eldenas geworden!

Bild 14.5 *– Die Parade anläßlich des 775-jährigen Jahrestages Eldena. Diese Paradekarre beschrieb das Segeln von Carl Wiedow nach America.(Photo von E. L. Knuth, 2004)*

DIE BREMERHAVEN AUSWANDERUNGSAUSSTELLUNG

Die Erfolgsgeschichte des Carl Wiedow hat in der Auswanderungsaussstellung, die in Bremerhaven im Sommer von 2000 [16] stattfand, eine Hauptrolle gespielt. Bremerhaven war einer der wichtigsten Auswanderungshäfen in Deutschland während der 19. und 20. Jahrhunderte; etwa 7 Millionen Auswanderer sind von Bremerhaven in die USA abgereist. Die Eröffnungsfeierlichkeiten für die Ausstellung, „Abenteuer Spurensuche: Auswanderung nach Amerika," fanden am 2. Juni 2000, einen Tag nach den Eröffnungsfeierlichkeiten für die Weltausstellung, EXPO2000, in Hannover, statt. Die Einladung, die meine Frau und ich erhielten, zitierte Swehns Brief von Iowa an seinen früheren Lehrer [1]: „Lieber Freund, du siehst, das ist wirklich wahr geworden ... Wir haben alles plenty: plenty Land und plenty Vieh. Aber es kostete auch plenty Schweiß." Da ich viele Jahre damit verbracht hatte, die wahre Identität von Jürnjakob Swehn [17-21] zu erforschen, akzeptierten wir die Einladung mit Enthusiasmus und Erwartung.

Die Gäste wurden am Eingang (Bild 15.1) von Mannequins in historischen Kostümen gegrüßt. Die Eintrittskarte, gestiftet von der Deutschen Telekom, umfaßte nicht nur den Eintritt, sondern gab auch (a) einen Schlüssel für die Computer, die persönliche Interaktionen mit dem Ausstellungsstück ermöglichten und (b) eine Deutsche Telekom Reklame in Form einer Telefonkarte für eine nominale 3 DM Telefon Zeit. Die Karte wurde mit Photos von Berühmtheiten der Ausstellung, nämlich den Auswanderern Marlene Dietrich, Franz Daniel Pastorius, Rosa und Emil Scheuer, Carl Schurz, Justina Tubbe und Carl Wiedow, geschmückt und machte sie auch zu einem attraktiven Andenken. (Bild 15.2) Die Computerinteraktionen leiteten die Besucher durch acht Zimmer, nämlich (1) die Auswanderer, (2) die Kindheit, (3) der Aufbruch, (4) die Überfahrt (Diavortrag mit Kommentar), (5) die Neue Welt, (6) das Lebensende, (7) die Erinnerungen und (8) das Ende. Die Beschreibung, die folgt, konzentriert sich auf Carl Wiedow, AKA Jürnjakob Swehn.

Bild 15.1 *– Eingang zur Ausstellung, „Abenteuer Spurensuche - Auswanderung nach Amerika“ in Bremerhaven am 02.06.2000. Photo von E. L. Knuth, 2000)*

Bild 15.2 *– Die Eintrittskarte zur Ausstellung, „Abenteuer Spurensuche - Auswanderung nach Amerika“. Die Auswanderer, die auf der Karte dargestellt sind (Franz Pastorius, Carl Wiedow, Justina Tubbe, Carl Schurz, Marlene Dietrich, Emil und Rosa Scheuer), spielen die Hauptrollen in der Ausstellung.*

Er ist heute einer der bekanntesten Immigranten aus Deutschland nach Iowa, der unmittelbare Anerkennung erworben hat, als bekannt wurde, daß er der Verfasser von vielen Briefen war, die im Jürnjakob Swehn Buch erscheinen.

Im ersten Zimmer wurden die Besucher von lebensgroßen Abbildern der Auswanderer, eingebettet in durchsichtigen zylindrischen Säulen, begrüßt. Das Photo von Carl Wiedow, auffallend in der Ausstellung, war offensichtlich vom Wiedow Familienphoto (Bild 3.6 s. S. 39)

In der Beschreibung von Carl Wiedows früherem Leben in Glaisin lernte man, „Es ist ein karger Landstrich, in dem er aufwächst. Kaum jemand, der hier lebt, besitzt mehr als das Nötigste. Durch die Lehmwände der armseligen Behausungen dringt im Sommer die Hitze und im Winter die Kälte. Doch eines hat Carl vielen seiner Leidensgenossen voraus: Er kann lesen und schreiben. Als er nach Amerika auswandert, um dem Elend in der Heimat zu entgehen, wird es diese Fähigkeit sein, die ihn bis heute unvergessen macht.“ Diese Beschreibung schloß mit einem schlichten Zitat vom Buch: „Es ist immer gut, für den Menschen, wenn er weiß, woher er kommt.“

Bezüglich seiner Abreise sagte der Text „Das Leben ist hart in Glaisin, dem kleinen Dorf in Mecklenburg. Auch für Carl: Haben andere Dorfbewohner wenigstens ihr Auskommen auf dem vom Fürsten in Erbpacht genommen Grund und Boden, so bleibt Carl nichts anderes übrig, als nach der Schule in die Fußstapfen seines Vaters zu treten: Er wird Tagelöhner. Wie Carl ergeht es noch anderen in Glaisin und den benachbarten Dörfern. Doch nicht alle nehmen ihr Los hin: Immer wieder treten Menschen aus der Gegend mit ihrer armseligen Habe die Reise nach Amerika an. Im Jahre 1868 wird Carl einer von ihnen: Des Elends überdrüssig, macht sich der 19jährige auf den Weg nach Hamburg ins Einwanderungshaus. [22] Hier wartet er auf seine Passage nach Amerika. Dann ist es soweit: Im festen Glauben, in der Neuen Welt sein Glück zu machen, verläßt Carl am 20. Juli 1868 auf einem Dampfer den Hamburger Hafen.“

Im Zimmer mit dem Titel „Die Neue Welt,“ ist Carl Wiedows Leben in Amerika in einem kurzen Absatz zusammengefaßt. „Der erste Weg in der Neuen Welt führt Carl in das Einwanderungshaus von New York. Anschließend schlägt er sich mit Gelegenheitsjobs durch. 1872 heiratet er Catharina [23], genannt Wieschen, die aus seinem Heimatdorf Glaisin stammt … Carl arbeitet hart und spart eisern. 1875 ist es soweit: Das Ehepaar kauft sich eine erste Farm in Clayton (sic)/Iowa. [24] Anfangs wohnen sie dichtgedrängt in einem kleinen Blockhaus. Doch Carl versteht etwas von Landwirtschaft: Die Farm wirft zunehmend mehr ab, Land wird hinzugekauft, das Haus wird größer … Am 19.11.1913 stirbt Carl Wiedow als wohlhabender Farmer in Iowa." Das Ausstellungsstück dokumentierte ausgiebig die Wiedow Familie in Iowa mit Bildern und Aufzeichnungen.

Perspektive zum Buch, *Jürnjakob Swehn, der Amerikafahrer*, und zu Carl Wiedows Rolle im Ursprung des Buches, wurde von einem Zitat von H. K. A. Krüger [8] geliefert. Krüger, ein guter Freund von Johannes Gillhoff, fragte ihn nach dem Hintergrund vom Buch. Gillhoff antwortete, „Mein Vater war Lehrer in Glaisin bei Eldena, über fünfzig Jahre wohnte er dort. Er hat noch die Zeit erlebt, in der das Auswanderungsfieber die Leute packte. Wohl 350 Leute wanderten damals aus Glaisin aus, um drüben ein besseres Fortkommen zu finden, und mit mehr als der Hälfte von ihnen stand er in Briefwechsel. Das machte sich ganz von selbst. Sie wollten aus der alten Heimat hören, hatten ihren Lehrer gern, und wer sollte ihnen schreiben? Die Zurückgebliebenen, meistens alte Leute, konnten es ja vielfach gar nicht, da mußte denn der Schulmeister in die Bucht springen. Ein Wiedow, den ich Swehn getauft habe, war der eifrigste Briefschreiber." (Das Wort „getauft" wird figürlich hier verwendet.) Photos von den Grabsteinen einzelner Auswanderer wurden in einem Raum mit dem Hinweis „Tod" gezeigt. Das Photo von Wiedows Grabstein wurde im April 2000 anscheinend speziell für diese Ausstellung gemacht.

Familie Wiedow Erinnerungen wurden in einem Videofilm gezeigt. Zugang hatte man mit der Deutschen Telekom Eintrittskarte. Dieses Video brachte ein Interview mit Harold Wiedow, einem Enkel von Carl Wiedow. Die Erinnerungen aus diesem Interview laufen parallel mit jenen, die Harold Wiedow 1993 und später Nancy Willard, eine Enkelin von Carl Wiedow, dem gegenwärtigen Autor erzählt haben. Man kann diese Erinnerungen im Nancy Willards Buch *Cracked Corn and Snow Ice Cream* [25] finden. Wir zitieren hier aus dem Buch: „Die ganze deutsche Bevölkerung aus diesem Bereich stammte aus Mecklenburg. Hast Du mal gehört, wie Großvater davonlief und nach Amerika kam? Sehe, er und sein Kumpel im Begriff waren, in die Kaisers Armee berufen zu werden. Also diese zwei Jungen gingen nach Hamburg und suchten ein Schiff, das nach Amerika segelte, aber es war nicht eins, gleich gehend. Sie mußten warten. Einen Nachmittag um die Ecke herum kamen zwei von des Kaisers Soldaten. Jene Jungen dachten, daß sie sicher aufgegriffen werden würden. Die deutschen Frauen von damals trugen sehr weite Röcke, und es war eine Frau, die an der Ecke saß. Sie versteckte jene Jungen unter ihrem Rock, bis die Soldaten vorbeigingen. Sie brauchten sechs Wochen, aber sie kamen hierher." Bezüglich des Pionierlebens im ländlichen Amerika erinnerte Harold im Interview mit Nancy, „wenn es nicht für Ihre Großmutter gewesen wäre, wäre mein Vater erfroren. Sehe, sie gingen aus St. John's Schule vier oder fünf Meilen nach Hause. Der Fluss „English River" fror fest zu, so daß sie auf dem Eis gingen, um aus dem Wind heraus zu kommen. Mein Vater wollte sich hinlegen und schlafen. Jetzt ist das das Letzte, was man in der Kälte tun sollte. Und Deine Großmutter hielt ihn am Gehen, bis sie ihn nach Hause bekam."

Das Ende der Ausstellung faßte die Darstellung mittels von einem Ausdruck des interaktiven Computers zusammen. In Deutschland war Carl Wiedow Tagelöhner gewesen. In Iowa, wenn auch mit „plenty Schweiß," erreichte er sein Ziel und war in der Lage, seine Füße unter seinen eigenen Tisch zu stellen, in seinem eigenen Haus zu wohnen und seine eigene Farm zu bewirtschaften.

UNERWARTETE GESCHEHNISSE

Besonders nachdem ich die Identität des Briefschreibers ermittelt hatte, gingen meine Gedanken oft zurück zu Johannes und seinem Freund – an den Johannes vom Hotel Stadt Schwerin, der den Mut hatte, sich mit einem Ausländer zu unterhalten, und an seinen Freund, der mit der Geschichte „Jürnjakob Swehn“ aufgewachsen war. Und als ich mich an diese Forschungen über Jürnjakob Swehn erinnerte, kam es mir vor, daß das Glück auf meiner Seite war – ich war die richtige Person auf dem richtigen Platz zur richtigen Zeit: in Clayton County, Iowa geboren, Wurzeln in Mecklenburg, Interesse an Familienforschung, oft in Deutschland, und Deutsch sprechen zu können. Johannes und sein Freund waren der unwissentliche Katalysator, der die Suche aktiviert hatte. Ich wunderte mich, wie sie reagieren würden, wenn sie wüßten, was ihre Empfehlung hervorgerufen hatte. Ich war überzeugt, daß die Karte, die Johannes mir 1976 gegeben hatte, irgendwo in meinem Arbeitszimmer war – und hatte oft danach gesucht, aber erfolglos. Dann Februar 2002, ohne die Karte zu suchen, stieß ich auf sie. (Bild 16.1) Sie steckte fast 26 Jahre in einem Buch, „Schwerin, Skizzen aus einer alten Stadt“, das ich 1976 während unseres kurzen Besuchs in Schwerin gekauft hatte!

Johannes Lawrenz

Privat:

Hotel Stadt Schwerin
Gastronomie
Tel.: 5261

***Bild 16.1** – Die Visitenkarte, die Johannes Lawrenz mir am 12. Juni 1976 gab. Die handgeschriebene Beifügung war seine Privatadresse.*

Nachdem ich meiner Frau diese Entdeckung mitgeteilt hatte, ging ich zu meinem bevorzugten Telefonbuch für Deutschland – teleauskunft.de. Nur ein paar Minuten später hatte ich drei J. Lawrenz und fünf Johannes Lawrenz Rufnummern, aber keine in Schwerin. Bei zwei Nummern gab es keine Antwort – keine der anderen sechs Nummern war die richtige Nummer. Dann bemerkte ich ein Restaurant Lukas, Inh. Arne Lawrenz, in Schwerin. Ich rief an – Erfolg! Arne ist ein Neffe des Johannes. Arne hatte die Rufnummer für Johannes nicht zur Hand. Aber er war sicher, daß sein Vater die Rufnummer hatte – und gab mir seines Vaters Rufnummer. Beiläufig erwähnte er, daß Johannes in Rodgau bei Frankfurt wohnte. Es war nicht nötig, seinen Vater anzurufen – ich hatte schon bei teleauskunft.de einen Johannes Löwenberg-Lawrenz in Rodgau gefunden, aber hatte wegen des Doppelnamens nicht angerufen. Die Dame am Telefon bestätigte, daß ihr Mann früher im Hotel Stadt Schwerin tätig war. Sie teilte mir mit, daß Johannes im Moment beruflich in Berlin war, besorgte mir seine Handynummer und E-Mail-Adresse und bot an, Johannes meinen Anruf mitzuteilen. Zwei Tage später haben Johannes und ich miteinander telefoniert. Johannes hatte zuerst keine genauere Erinnerung, aber bestätigte, daß unser Kontakt im Hotel für ihn typisch war. Er war damals schon lange mit der DDR-Behörde uneinig, machte oft Kontakte mit Ausländern und war gewöhnt, seine Visitenkarte weiterzugeben. Seine Kontakte mit Ausländern und seine Gewohnheit, seine Karte zu überreichen, hatten ihm Probleme gebracht. 1983 war ihm schließlich erlaubt worden, die DDR zu verlassen. Er siedelte in die Bundesrepublik über, und 1984 veröffentlichte er seine Erlebnisse in einer Serie von fünf Fortzetzungen im Magazin *Stern*. Teile davon sind auch im *Reader's Digest* und in der *Washington Post* erschienen. Den Doppelnamen Löwenberg-Lawrenz hat er angenommen, als er zum zweiten Mal geheiratet hat. Er war nun ein Investmentberater.

Wir haben hin und her geschrieben – ich schickte ihm ein Photo von meiner Frau und mir, das anläßlich unseres Besuches 1976 in Schwerin aufgenommen worden war. Am 13. März schrieb er, daß er nun eine bestimmte Erinnerung hatte und daß wahrscheinlich sein Freund, Wilfried Oeding, aus Glaisin, damals Koch im Hotel, das Buch empfohlen hatte. Ich fand es sonderbar, daß ich jährlich seit 1998 Vorträge in Glaisin gehalten hatte, nur ein paar Straßen von Oedings Wohnung entfernt, und daß wir uns in Glaisin nicht getroffen hatten!

Auf teleauskunft.de fand ich zwei Rufnummern Oeding: Wilfried und (wie später ermittelt) die seines Sohnes. Von Wilfrieds Anrufbeantworter bekam ich seine Handynummer – und erreichte ihn, als er bei einem Vortrag von Hartmut Brun anwesend war. Die Welt ist doch klein! Es war Hartmut Brun, der mich seit 1998 jährlich eingeladen hatte, meine Forschungsergebnisse auf den Gillhoff-Tagen in Glaisin zu präsentieren. Für Wilfried war es eine Überraschung zu erfahren, was er vor 26 Jahren in Gang gebracht hatte. Ungefähr gleichzeitig mit dem Auftauchen der Karte von Johannes kam ein Brief von Hartmut Brun an. Zu meiner Überraschung schrieb Brun, daß ich für meine Forschungen die Fritz-Reuter-Medaille auf den Gillhoff-Tagen im Juni erhalten würde. Ich hatte nie geträumt, daß der Spaß an der Lösung des Rätsels, „Wer war Jürnjakob Swehn?" solch eine Ehre mit sich bringen würde. Aber er schrieb, daß es noch ein Geheimnis war und „muß vorerst unter uns bleiben". Und er fragte, ob ich beim traditionellen Treffen an Gillhoffs Grab bereit wäre, ein paar Worte zu sprechen. Bei den Gillhoff-Tagen anwesend zu sein, war für mich kein Problem – ich hatte schon arrangiert, den ganzen Monat Juni bei der Max-Planck-Gesellschaft in Göttingen zu Besuch zu sein. Nachdem das Programm der Gillhoff-Tage veröffentlicht war (März-Ausgabe der Zeitschrift *Mecklenburg*), habe ich Kopien des Programms an Johannes und Wilfried geschickt. Wir haben vereinbart, uns irgendwann im Juni, irgendwo in Deutschland, zu treffen.

Auch im März schrieb Udo Baarck, daß er und der Photograph Walter Hinghaus eine Ausstellung über Auswanderung von Glaisin arrangiert hatten. Sie würde in Schwerin im Freilichtmuseum Mueß stattfinden und hätte die begeisterte Unterstützung des Museums, insbesondere der Chefin Gesine Kröhnert. Hinghaus würde Photos von Iowa, anläßlich des Jürnjakob Swehn Photo Projects aufgenommen, zeigen. Meine Frau und ich waren zur Eröffnungsfeier am Sonntag nach den Gillhoff-Tagen eingeladen. Das Wochenende der Gillhoff-Tage sah wie ein volles Wochenende aus!

Ich fragte Udo um Rat, wie man eine Kopie der Serie, die Johannes im Magazin *Stern* veröffentlicht hatte, bekommen könnte. Er bot an, eine Kopie durch die Bibliothek in Schwerin zu bestellen – schon Mitte Juni hatte ich eine Kopie [26]. Aus der Serie ermittelte ich, daß Johannes schon in der DDR eine kurze Zeit als freier Journalist und seine Frau eine längere Zeit als freie Photographin gearbeitet hatten. Deshalb war die Veröffentlichung der Ereignisse, die zu seiner Ausbürgerung aus der DDR führten, zu verstehen.

Die Serie beschreibt die Ereignisse, die zu seiner Entzauberung mit der DDR führten und den schwierigen Prozeß, der nötig war, um die DDR gesetzlich zu verlassen. Nachdem er seine 18 Monate Grundwehrdienst erledigt hatte, um den Eintritt zur Handelshochschule zu bekommen, trat er in die Sozialistische Einheitspartei Deutschlands (SED) ein. Die erste Reibung zwischen Johannes und der Partei kam, als er aus einer privilegierten Forschungsgruppe entlassen wurde wegen einer fehlenden Parteidisziplin. Einige Monate später bekam er einen Verweis von der Partei, weil er beschlossen hatte, ohne Erlaubnis der Partei, für die Abschlussprüfung in Schwerin zu studieren (statt in der Schulbibliothek in Leipzig). Am Ende des mündlichen Verweises verlor er die Beherrschung und warf sein Parteibuch auf den Tisch. Danach war er von der Partei und auch von der Schule entlassen. Nun brauchte er Lohnarbeit. Als Student hatte er als Kellner gearbeitet. So nahm er eine Arbeit als Kellner im Hotel Stadt Schwerin an. Er glaubte, daß die Erfahrung vielleicht hilfreich wäre, falls er später im gastronomischen Gewerbe arbeiten würde. Als Kellner hat er Erfolg gehabt – und heiratete Juni 1977 die Handelstechnologin, die er zwei Jahre früher in Dresden kennen gelernt hatte. Sie wohnten zuerst in einem Schweriner Mietshaus. Aber Johannes konnte die politisierten allmonatlichen Hausversammlungen nicht tolerieren. Und weil er und seine Frau an diesen Versammlungen nicht teilnahmen, haben die anderen

Bewohner die beiden gemieden. Vielleicht hatten die anderen Bewohner Angst, mit Dissidenten zu verkehren. Dann kauften Johannes und seine Familie außerhalb von Schwerin ein altes Bauernhaus. Mit viel Arbeit haben sie es sehr gemütlich gemacht; viele Ostdeutsche hätten gerne so gemütlich gewohnt. Aber Johannes war nicht zufrieden – er mußte sich kompromittieren, um Oberkellner zu werden; und er wollte gerne die Freiheit haben, ein Journalist zu werden. Er schrieb ab und zu als freier Journalist für Kirchenzeitungen, für die auch seine Frau als freie Photographin arbeitete. Als er die Hotelleitung für einige freie Tage fragte, um eine Kirchentagung in Halle zu besuchen, bekam er das Gefühl, daß er sich kompromittieren mußte, um diesen Urlaub zu bekommen. Am nächsten Morgen legte er seine Kündigung vor, und ein paar Tage später, am 05.10.1982, haben Johannes und seine Frau den Ausreiseantrag eingereicht.

Obwohl Johannes und seine Frau mehrmals nachgefragt haben, dauerte es mehr als acht Monate, bis sie eine Antwort bekamen. Inzwischen lebten sie von freier Arbeit und vom Verkauf von Möbeln. Viele Freunde im Osten hatten Angst, mit ihnen zu verkehren und zogen sich zurück. Die wenigen Freunde im Westen sorgten für innerliche Unterstützung und schickten ab und zu Pakete. Am 07.06.1983 – acht Monate nachdem der Antrag vorgelegt worden war – wurde er abgelehnt. Sie haben daraufhin sofort einen zweiten Antrag gestellt. Oktober 1983 wurde seine Frau festgenommen und ihre Filme beschlagnahmt. Nach ihrer Entlassung haben Johannes und seine Frau einen dritten Antrag gestellt; dieses Mal erwähnten sie die willkürliche Festnahme der Frau als einen weiteren Grund für ihren Ausreiseantrag nach Westdeutschland. Im November bot die Behörde folgendes an: Stellen sie einen vierten Antrag, und dieses Mal ohne die Erwähnung der Festnahme der Frau, dann erhalten sie die Ausreiseerlaubnis. Schließlich, am 10.12.1983, mehr als vierzehn Monate nach dem ersten Antrag, reisten sie von Schwerin nach Hamburg. Eine sehr interessante Geschichte – völlig vereinbar mit dem Johannes, den wir 1976 im Hotel Stadt Schwerin getroffen hatten!

Als wir Ende Mai in Göttingen ankamen, hat sich unser Programm für das Wochenende der Gillhoff-Tage schnell abgeklärt. Wilfried und ich haben vereinbart, daß wir uns am Freitag Abend bei ihm treffen; aber es war ihm nicht möglich, Samstag beim Gillhoff-Tag anwesend zu sein – er hatte schon bei der Jugend Fußballmannschaft einen Termin. Johannes würde am Wochenende in Berlin sein, aber er wollte uns bestimmt in Frankfurt treffen – am Abend, bevor wir nach Kalifornien zurückfliegen würden. Unerwartet, hatte sich die Einladung zur Eröffnungsfeier der Ausstellung am Sonntag in Schwerin zu einer Einladung, einen Vortrag über die Auswanderungen zu halten, erweitert.

***Bild 16.2** – Wilfried Oeding und der Autor anläßlich ihrer Zusammenkunft 26 Jahre nachdem Oeding mir das Swehn Buch empfohlen hatte. (Photo von M. Knuth, 2002)*

Das Treffen Freitag Abend mit Wilfried (Bild 16.2) war mit Erinnerungen erfüllt. Beim Bier habe ich von den Jürnjakob Swehn Ereignissen, die unser zufälliges Treffen vor 26 Jahren hervorgerufen hatte, erzählt; er teilte seine Erfahrungen infolge der Wende mit. Ich zeigte mein *Jürnjakob Swehn Photo Album*; er holte das oft benutzte Exemplar des Jürnjakob Swehn Buches, das schon vor

Bild 16.3 *– Das oft benutzte Exemplar des Jürnjakob Swehn Buches, das schon vor Wilfrieds Geburt im Besitz der Familie war. (Photo von E. L. Knuth, 2002)*

Wilfrieds Geburt im Besitz der Familie war, hervor. (Bild 16.3) Ich versprach, Kopien der letzten paar Seiten des Buches, die schon viele Jahre vorher verschwunden waren, zu besorgen. Am Ende des unvergeßlichen Abends verabschiedeten wir uns in der Hoffnung, daß wir uns noch mal am Wochenende treffen würden.

Bild 16.4 *– Worte des Gedenkens am Grabe von Johannes Gillhoff. Von links nach rechts: Kuno Karls, Hartmut Brun, der Autor, Margaret Knuth, Unbekannt.*

Das jährliche Treffen an Gillhoffs Grab (in Ludwigslust) fand am nächsten Morgen statt. (Bild 16.4 s. S. 133) Meine Worte, die sowohl informativ als auch lobend gemeint waren, sind im Anhang G gegeben. Der Grund meiner Motivierung für den Schwerpunkt, „Am Sterbebett der Mutter", war die Beobachtung, daß manche Schriftsteller wahrscheinlich nicht wußten, daß Gillhoff dieses Kapitel selbst geschrieben hatte, obwohl dieses Detail wohl dokumentiert ist [10].

Nach dem traditionellen Mittagseintopf im Forsthof-Restaurant in Glaisin und dem traditionellen Niederlegen eines Blumengebindes am Gedenkstein vor dem alten Schulhaus, wo Gottlieb Gillhoff Lehrer war, haben sich die Gäste in der Kulturscheune für die Veranstaltung zur Preisverleihung versammelt. (Die Kulturscheune war zuerst eine große Scheune, ist nun ein sehr schönes Gemeindehaus.) Der Johannes-Gillhoff-Preis 2002 ging an Kuno Karls, Schriftsteller aus Hagenow, Mecklenburg. Laut des Programms, kam die Verleihung der Fritz-Reuter-Medaille anschließend. Aber zuerst kam der Bürgermeister Jürgen Behrends zum Podium, lud mich ein, nach vorne zu kommen und ernannte mich zum ersten Ehrenbürger der Gemeinde Glaisin. (Bild 16.5; s. auch Seite 192) Als ich meine Überraschung äußerte, und bedauerte, daß meine Freunde in Glaisin mir nichts davon verraten hatten, erinnerte ich mich

***Bild 16.5** – Bürgermeister Jürgen Behrends begrüßt den Autor als ersten Ehrenbürger von Glaisin. (Photobeitrag von Kuno Karls, 2002)*

an ein altes deutsches Sprichwort: „Aller guten Dinge sind drei.“ Ich antwortete, daß ich stolz war, ein Bürger des Dorfes Glaisin zu sein – das Dorf, von welchem Jürnjakob Swehn ausgewandert ist – das Dorf, welches das schönste in Deutschland genannt wurde [27] – das Dorf mit den freundlichsten Leuten in Deutschland!

Bild 16.6 *– Der Autor zeigt die Fritz Reuter Medaille, die er gerade von Dr. Hartwig Bernitt (links vom Autor), dem Präsidenten der Landsmannschaft Mecklenburg, erhalten hat. (Photo von M. Knuth, 2002)*

Nun war die Fritz-Reuter-Medaille doch die nächste. (Bild 16.6; siehe auch Seite 191) Dankbar erinnerte ich an die Rollen, die Johannes und Wilfried vor 26 Jahren gespielt hatten. Ich erklärte, daß Wilfried einen vorhergehenden Termin hatte und stellte seine Frau vor. Als ich danach erklärte, daß Johannes in Berlin war, sprang ein Herr von dem Stuhl, den ich vor ein paar Minuten freigemacht hatte, und rief, „Ich bin doch hier!“ Nach 26 Jahren haben Johannes und ich uns begrüßt – auf der Bühne in Glaisin! (Bild 16.7 s. S. 136) Ein Drehbuch hätte es nicht dramatischer schreiben können. Johannes erklärte später, daß er von Berlin

Bild 16.7 *– Johannes Lawrenz und der Autor anläßlich ihrer Zusammenkunft 26 Jahre nach ihrem ersten Treffen im Jahr 1976 im Hotel Stadt Schwerin.*

angereist sei und daß er gerade angekommen war, als ich zur Bühne ging. Während der Pause haben wir unser Wiedersehen gefeiert – und an unser Treffen in Frankfurt, am Abend, bevor wir zurück nach Kalifornien geflogen sind, gedacht.

Bild 16.8 – *Der Autor (links) und der Photograph/Aussteller Walter Hinghaus (rechts) unterhalten sich mit einem Gast auf der Auswanderungsausstellung im Freilichtmuseum Mueß in Schwerin. (Photo von M. Knuth, 2002)*

Die Eröffnungsfeier der Auswanderungsausstellung am folgenden Nachmittag war gleichsam ein Wiedersehen mit alten Freunden, z. B. Walter Hinghaus, Udo Baarck und Wilfried und Renate Oeding. (Bild 16.8) Nach der Feier waren Margaret und ich von Walter zu einer kurzen berufsmäßigen Photositzung in seinem Aufnahmeatelier eingeladen. Danach versammelte sich unsere Gruppe im Restaurant „Orangerie" des Schlosses Schwerin, um von einem vollen und aufregenden Wochenende zu entspannen. (Bild. 16.9 s. S. 138) Weil das Wochenende Wieder vereinigungen mit Johannes und Wilfried, eine Ehrenbürgerschaft, die Fritz-Reuter-Medaille und Teilnahme bei der Ausstellung eingeschlossen hatte, war es das passende Ende einer 26jährigen Saga. Es war Sonntag, der 9. Juni 2002.

Bild 16.9 *– Ausklang der Gillhoff-Tage im Orangerie Restaurant im Schloß Schwerin. Von links nach rechts: Carol Madsen (Nachkomme der Wiedow Familie von Liepe), Katja Braun, Udo Baarck, Rüdiger Landt, Wilfried Oeding. (Photo von E. L. Knuth, 2002)*

Danksagungen

Besonderen Dank an Frau Myra Voss, Clayton County Genealogist und besondere Freundin. Ihre Hilfe bei der Suche nach zweckmäßigen Kirchenbüchern und in der Entdeckung von Nachkommen der Familie Charly Wiedow ist unschätzbar. Im Fall, daß auch sie eine Sackgasse erreicht hat (z. B. Datum und Platz des Todes von Carl Wiedows Mutter), halte ich es für wahrscheinlich, daß die Antwort nicht in Clayton County liegt.

Vielen Dank auch an die verstorbenen Franz Schubert und Günther Schröder aus Göttingen für die Mitteilung von Literatur betreffs Jürnjakob Swehn und seines Verfassers, Johannes Gillhoff. Udo Baarck, Mitglied der Johannes Gillhoff Gesellschaft in Glaisin, war immer bereit und hilfreich, Kopien der Unterlagen vom Archiv in Schwerin zu besorgen. Für Hilfe mit der Sortierung und Zusammenfassung der Daten unter den verschiedenen Veränderungen des Namens Wiedow in Mecklenburg bin ich Rolf Gödecke (Hamburg) und Friedrich-Wilhelm Witt (Radolfzell am Bodensee) sehr dankbar.

Im Suchen nach Unterlagen entsprechend der Familie Wiedow in Iowa County, haben Netha Meyer, Mitglied der Iowa County Genealogy Society und Mitarbeiter der Iowa County Resource Library, auch Ferne Norris und Velma James, Mitglieder der Poweshiek County Historical und Genealogical Society, sehr wertvolle Hilfe geleistet. Dorothy Davis, eine Nachkommin des Ehepaars Johann Roesch/Carolina Schütt, hat umfassende Informationen betreffs der Familie Roesch/Schütt besorgt. Die Briefe im Kapitel 4 sind von Larry Rösch, die Briefe im Anhang E von Bill und Ruth Jahlas.

Die Gastfreundschaft und Hilfe der Nachkommen von Carl Wiedow (Harold Wiedow; Alice Wolf, geb. Wiedow; Sharon McKay, geb. Wolf; Wm. M. Welch, Schwiegersohn von Henry Wiedow; Wm. W. Welch, Enkel von Henry Wiedow; Bill Nyweide, Enkel von Bertha Wiedow; und Susan Wehmeier, Enkelin von Mame Wiedow), mit denen ich Verbindung aufgenommen habe, haben diese Arbeit mit mündlichen Überlieferungen und Photos bereichert.

Obwohl Mecklenburger Platt meine erste Sprache war, brauchte und erhielt ich viel Hilfe beim Editieren dieser deutscher Sprachversion meiner Jürnjakob Swehn Saga. Unschätzbare Hilfe wurde von der Familie Anding von Jena, Udo Baarck von Glaisin, der Familie Bossel von Baden (Schweiz), Dorothea Frederking aus Kassel und Los Angeles, der Familie Gaspard von Saarlouis, der Familie Lay von Trier, der Familie Oeding von Glaisin, Verena Rosenthal-Pilz von Göttingen und Monika Sudjian von Selb geliefert. Extra Dank ist Dorothea Frederking geschuldet – ihre weitreichende und freundliche Hilfe gab mir den Mut, das Buch auf Deutsch herauszugeben. Aber wenn, trotz all dieser Hilfe, diese deutsche Sprachversion sich immer noch so liest, als ob es von einem Amerikaner geschrieben ist, bin ich verantwortlich.

Die Gesellschaft und Willigkeit meiner Frau Margaret, mitzugehen anläßlich vieler Besuche und Nachforschungen während zwei Jahrzehnten, die hier zusammengestellt sind, schätze ich sehr hoch.

LITERATUR UND NOTIZEN

1. Johannes Gillhoff, Jürnjakob Swehn, der Amerikafahrer. München: Deutscher Taschenbuch Verlag, 1978.
2. Johannes Gillhoff, Letters of a German American Farmer (Übersetzung von Richard L. A. Trost). Iowa City: University of Iowa Press, 2000.
3. Grabstein von Gottlieb Gillhoff, der sich in einem Feld am Stadtrand von Glaisin, Mecklenburg befindet.
4. Grabstein von Johannes Gillhoff, Friedhof in Ludwigslust, Mecklenburg.
5. Hartmut Brun, „Wiedow oder Jalass". Schwerin: Norddeutscher Leuchtturm (Beil. der Norddeutschen Zeitung), 23.05.1986.
6. Joachim Reppmann, „Jürnjakob Swehn Symposium". Northfield, MN: Society for German-American Studies Newsletter, September 1993.
7. H. Otto Weltzien, „Jürnjakob Swehn und sein Verfasser". Bremen: Niedersachsen, 23:132, 1917/1918.
8. Werner Schnoor, „Auf den Spuren des Jürnjakob Swehn". Schwerin: Mecklenburgische Kirchenzeitung, 21.08.1977.
9. Hartmut Brun, Johannes Gillhoff, ein Lesebuch. Rostock: Hinstorf Verlag, 1988.
10. H. K. A. Krüger, „Aus Johannes Gillhoffs letztem Jahr". Rostock: Mecklenburgische Monatshefte, 6:130-133, 1930.
11. Johannes und Theodor Gillhoff, Möne Markow, der neue Amerikafahrer. München: Deutscher Taschenbuch Verlag, 1989.

12. Dieter Rakow, „Jürnjakob Swehn und seine Farm in Iowa“ Mecklenburg, 44, Nr. 3, pp. 14-15, 2002.

13. E. L. Knuth, „Carl Wiedow und seine Farm in Iowa“, Mecklenburg, 45, Nr. 6, pp. 14-15, 2003.

14. Arthur P. Rose, „An Illustrated History of Nobles County Minnesota.“ Worthington, MN: Northern History Publishing Co., 1908.

15. E. L. Knuth, „The Johannes Gillhoff Society“. Northfield, MN: Society for German-American Studies Newsletter, September 1999.

16. E. L. Knuth, „An Adventure in the Footsteps of Emigrants to America“, Hawkeye Heritage, Winter 2000, pp. 179-183.

17. E. L. Knuth, „Jürnjakob Swehn, Emigrant to America“, Hawkeye Heritage, Winter 1997, pp. 229-240.

18. E. L. Knuth, „Jürnjakob Swehn war doch ein Wiedow“, Mecklenburg, 40, Nr. 3, pp. 20-21 und Nr. 4, p. 20, 1998.

19. E. L. Knuth, „Jürnjakob Swehn: the Continuing Story“, Hawkeye Heritage, Fall 1999, pp. 141-144.

20. E. L. Knuth, „Wer war Jürnjakob Swehn?“, Kikut, 24, pp. 57-67. Stavenhagen: Fritz-Reuter-Literaturmuseum, 2003. Auch Johannes-Gillhoff-Jahrbuch 2004, pp. 43-49. Rostock: MV Taschenbuch, 2004.

21. E. L. Knuth, „Auf den Spuren von Carl Wiedows Eltern und Geschwistern“, Johannes-Gillhoff-Jahrbuch 2004, pp. 54-60. Rostock: MV Taschenbuch, 2004.

22. Entsprechend seines Taufeintrags war Carl Wiedow wirklich im Alter von 20 Jahren, als er Mecklenburg verließ; das Buch und die Familie Wiedow stimmen überein, daß Carl auf einem Segelschiff, statt auf einem Dampfschiff, den Atlantik überquerte.

23. Die Ausstellung verwendet den Namen Catharina, der bei der Taufe angegeben war. In Iowa benutzte sie Elisabeth, den zweiten von ihren drei gegebenen Namen.

24. Während des Aufenthaltes in Clayton County, haben Carl und Elisabeth wahrscheinlich eine Farm gemietet. Iowa County Unterlagen zeigen, daß Carl die Urkunde für 80 Acker in Iowa County am 29. Dezember 1884 erworben hat.

25. Nancy Willard und Jane Dyer, *Cracked Corn and Snow Ice Cream*. New York: Harcourt Brace and Co., 1997.

26. Johannes Lawrenz, eine fünfteilige Serie in Magazin *Stern*, 1984. „Ich will raus" Vol. 15, pp. 64-76, 5. April. „Wem kann man noch trauen?" Vol. 16, pp. 66-74, 12. April. „Wehe dem, der aus der Reihe tanzt" Vol. 17, pp. 76-88, 18. April. „Die Ablehnung" Vol. 18, pp. 90-98, 26. April. „Am Ende eines langen Weges" Vol. 19, pp. 88-96, 3. Mai.

27. Glaisin gewann die Mecklenburg-Vorpommern Konkurrenz „Unser Dorf soll schöner werden – unser Dorf hat Zukunft" in 1998 und einer ähnlichen nationalen Konkurrenz im Jahr 1999.

HAUPTDATENQUELLEN

1. Kirchenbücher von Mecklenburg: Conow, Dömitz, Eldena, Gorlosen, Grabow, Groß Laasch, Groß Pankow und Muchow.
2. Kirchenbücher von Brandenburg: Berge.
3. Auswanderungs-Consens: Schröder Familie von Glaisin, den 11.08.1868.
4. Entlassung von Militairpflicht: Johann Carl Friedrich Wiedow, den 16.03.1870.
5. Auswanderungs-Consens: Johann Joachim Friedrich Wiede, seine Frau (geborene Jarmer), und Kinder Johann Carl Heinrich und Anna Marie Elisabeth, den 26.03.1870.
6. Agentenlisten: Johann Joachim Friedrich Wiede, Maria (geborene Jarmer), Johann Carl Heinrich und Anna Marie Elisabeth, festgesetzt den 15.04.1870 zu segeln.
7. Passagierlisten
   a) Weser, kam den 05.10.1867 in N.Y. an.
   b) Saxonia, kam den 21.05.1868 in N.Y. an.
   c) Hammonia, kam den 23.05.1868 in N.Y. an.
   d) Germania, kam den 15.10.1868 in N.Y. an.
   e) Friedenburg, kam den 31.05.1870 in N.Y. an.
8. 8. US-Volkszählung, 1870.
   a) Garnavillo Twp, Clayton Co., Iowa.
   b) Read Twp, Clayton Co., Iowa.
   c) Volga Twp, Clayton Co., Iowa.
9. 9. US-Volkszählung, 1880.
   a) Giard Twp, Clayton Co., Iowa.
   b) Grand Meadow Twp, Clayton Co., Iowa.
   c) Read Twp, Clayton Co., Iowa.
   d) Volga Twp, Clayton Co., Iowa.
   e) Hartford Twp, Iowa Co., Iowa.

10. US-Volkszählung, 1900.
   a) Read Twp, Clayton Co., Iowa.
   b) Lincoln Twp, Iowa Co., Iowa.
   c) Hartford Twp, Iowa Co., Iowa.
   d) Deep River Twp, Poweshiek Co., Iowa.
   e) Saratoga Twp, Howard Co., Iowa.
11. US-Volkszählung, 1910.
   a) Garnavillo Twp, Clayton Co., Iowa.
   b) Lincoln Twp, Iowa Co., Iowa.
   c) Deep River Twp, Poweshiek Co., Iowa.
12. US-Volkszählung, 1920.
   a) Lincoln Twp, Iowa Co., Iowa.
   b) Deep River Twp, Poweshiek Co., Iowa.
   c) Stadt von Muscatine, Muscatine Co., Iowa.
13. Iowa Volkszählung, 1885.
   a) Giard Twp, Clayton Co., Iowa.
   b) Hartford Twp, Iowa Co., Iowa.
   c) Lincoln Twp, Iowa Co., Iowa.
14. Iowa Volkszählung, 1895.
   a) Giard Twp, Clayton Co., Iowa.
   b) Hartford Twp, Iowa Co., Iowa.
   c) Lincoln Twp, Iowa Co., Iowa.
15. Iowa Volkszählung, 1905.
    Saratoga Twp, Howard Co., Iowa.
16. Iowa Volkszählung, 1925.
    Deep River Twp, Poweshiek Co., Iowa.
17. St. Paul lutherische Kirche, Garnavillo, Iowa.
   a) Heirat, Ahrends-Schröder, den 22.10.1868.
   b) Heirat, Wiedow-Schröder, den 16.03.1872.
   c) Geburt, Heinrich Wiedow, den 05.01.1873.
   d) Geburt, Maria Wiedow, den 25.08.1874.
   e) Heirat, Wiedow-Müller, den 29.03.1875.

f) Tod, Johann Schröder, den 15.03.1882.
g) Tod, Karl Ahrends, den 22.08.1922.

18. Zion lutherische Kirche, Clayton Center, Iowa.
   a) Heirat, Schrank-Wiedow, den 14.03.1873.
   b) Tod, Heinrich Schrank, den 03.05.1875.
   c) Heirat, Schuldt-Wiedow, den 16.07.1875.
   d) Geburt, Elise Dorethea Marie Wiedow, den 31.10.1879.
   e) Heirat, Wiedow-Schroth, den 21.02.1881.
19. St. Paul lutherische Kirche, Postville, Iowa. Begräbnis, Wilhelmine Wiedow, den 15.01.1880.
20. St. Johns evangelische lutherische Kirche, Victor, Iowa.
   a) Abendmahl, Carl und Elisabeth Wiedow, den 03.07.1881.
   b) Geburt, Karl Heinrich Wilhelm Wiedow, den 18.09.1884.
   c) Tod, Jochim Wiedow, den 19.01.1888.
   d) Geburt, Bertha Caroline Wiedow, den 22.02.1889.
   e) Konfirmation, Maria Wiedow, den 30.03.1890.
   f) Konfirmation, Elise Dorothea Maria Wiedow, 1895.
   g) Tod, Johann Joachim Jalass, den 27.07.1895.
   h) Konfirmation, Karl Heinrich Wilhelm Wiedow, 1899.
   i) Heirat, Shepperd-Wiedow, den 01.01.1901.
   j) Tod, Maria (geborene Rösch) Schröder, den 30.03.1903.
   k) Konfirmation, Bertha Caroline Wiedow, den 05.04.1903.
   l) Tod, Maria (geborene Schroth) Wiedow, den 09.10.1903.
   m) Heirat, Nyweide-Wiedow, den 28.11.1912.
   n) Tod, Carl Wiedow, den 19.11.1913.
   o) Tod, Elisabeth (geborene Schröder) Wiedow, den 16.10.1930.

21. Immanuel lutherische Kirche, Elkport, Iowa
Heirat, Schröder-Barthels, den 09.01.1878.

22. Clayton Co. Zivilaufzeichnungen, Elkader, Iowa.
  a) Heirat, Schult-Schröder, den 20.08.1868.
  b) Heirat, Ahrends-Schröder, den 21.10.1868.
  c) Staatsbürgerschaftsanwendung, Carl Wiedow, den 11.03.1872.
  d) Heirat, Wiedow-Schröder, den 16.03.1872.
  e) Heirat, Schuldt-Wiedow, den 14.03.1873.
  f) Heirat, Wiedow-Müller, den 29.03.1875.
  g) Heirat, Wiedow-Schroth, den 21.02.1881.

23. Iowa Co. Zivilaufzeichnungen, Marengo, Iowa
Tod, Carl Wiedow, 19. Nov 1913.
Aufzeichnung, Erwerbsurkunde der Farm, den 5.01.1885.

24. Atlas von Iowa County, Iowa. Mason City, Iowa: Anderson Publishing Co., 1917. Sehen Sie Lincoln Twp.

25. College of Medicine, University of Iowa, Iowa City, Iowa. Protokoll von Aufzeichnungen, Henry Wiedow, 1902.

26. Nachruf, Carl Wiedow, *The Victor Record*, Victor, Iowa, den 26.11.1913.

27. Nachruf, Frau Elisabeth Wiedow, 1930.

28. Nachruf, Dr. Henry Wiedow, *The Desert Trail*, Twenty Nine Palms, California, den 20.12.1940. Nachruf, Dr. Henry Wiedow, *The Deep River Record*, Deep River, Iowa, den 26.12.1940.

29. Nachruf, Frau C. L. Sheppard.
Nachruf, Dr. Cary Sheppard, *Owosso Argus Press*, Owosso, Michigan, den 23.04.1959.

30. Nachruf, Frau Louis C. Furney, *Williamsburg Journal Tribune*, Williamsburg, Iowa, den 07.08.1913.

31. Nachruf Charles Wiedow, 1966.
Nachruf Velda (geborene Forney) Wiedow, 1989.

32. Begräbnisaufzeichnungen, Greenwood Cemetery, Muscatine, Iowa.
Bertha (geborene Wiedow) Nyweide.
Henry Nyweide.

33. Nachruf, Elsie Josephine (geborene Prashak) Wiedow, 1999.

34. Nachruf, Alice (geborene Wiedow) Wolf, 2002.

35. Nachruf, Dr. Hobart H. Willard, den 07.05.1974.

36. Nachruf, Prof. Robert R. Korfhage, Pittsburgh Post-Gazette, den 22.11.1998.

37. Nachruf, Clark T. Wiedow, Newton Daily News, den 05.03.2004.

38. Brief von Gottlieb Gillhoff an seine Kusine, Carolina (geborene Schütt) Rösch, den 28.02.1890.

39. Brief von Gottlieb Gillhoff an seine Kusine, Carolina (geborene Schütt) Rösch, den 22.08.1907.

40. Brief von Theo. Gillhoff an Pfarrer Wm. F. Ullerich, Victor, Iowa, den 03.11.1920.

41. Brief von Theo. Gillhoff an die Jahlas Familie, den 10.01.1923.

42. Brief von Theo. Gillhoff and die Jahlas Familie, den 31.12.1924.

43. Brief von Edythe Wiedow (adoptierte Tochter von Henry und Cora Wiedow) an ihre Tante Bertha (geborene Wiedow) Nyweide, den 29.12.1940.

44. Brief von Edythe Wiedow an Sharon McKay (Urenkelin von Carl und Elisabeth Wiedow), den 09.06.1990.

ANHANG

FAMILIENBOGEN WIEDOW

Die umfassende genealogischen Daten betreffs der Familie Carl Wiedow, die der Autor zusammengestellt hat, sind hier in zwei Tafeln zusammengefaßt – eine Ahnentafel für Heinrich Wiedow, den älteste Sohn von Carl Wiedow (AKA Jürnjakob Swehn) und Elisabeth Schröder (AKA Wieschen), und eine Nachkommentafel für Ernst Joachim Christian Wiede, den Urgroßvater von Carl Wiedow. Obwohl ich noch nicht nachgeforscht habe, ist es möglich, daß Nachkommen der Geschwister des Vaters von Carl Wiedow heute noch irgendwo in Mecklenburg wohnen. Und obwohl Daten für jüngere Generationen zur Hand sind, habe ich die Nachkommentafel mit fünf Generationen beendet, um die Privatsphäre lebender Nachkommen zu beachten. In den Tafeln findet man die Abkürzungen

b – birth/geboren
c – christening/getauft
m – married/verheiratet
d – death/gestorben
b – burial/beerdigt
Abt – about/circa und Bef – before/bevor.

Um die Beziehung zwischen Carolina Schütt (Kusine von Gottlieb Gillhoff) und Elisabeth Schröder (AKA Wieschen) zu erklären, ist auch eine Nachkommentafel für Hans Jochim Roesch gegeben. Um diese Tafel zu vereinfachen, und den Zweck noch zu erreichen, habe ich sie mit vier Generationen beendet. Beachtenswert ist, daß Elisabeth Schröders Mutter, Maria Elisabeth Dorothea Roesch, eine Schwester von Johann Jürgen Heinrich Roesch, dem Ehemann der Carolina Schütt, ist. In Iowa County waren die Familien Wiedow-Schröder und Roesch-Schütt Nachbarn. Briefe von der Wiedow-Schröder Familie an den Schullehrer findet man im Jürnjakob-Swehn Buch [1]; Briefe vom Schullehrer an die Roesch-Schütt Familie sind im Kapitel 4 gegeben.

1st GENERATION

1 Heinrich Wiedow [Dr.]: b 5 Jan 1873 Garnavillo,Iowa; m 4 Jul 1899 ; d 17 Dec 1940 Twenty Nine Palms,CA

2nd GENERATION

2 Carl Friederich Johann Wiedow [Juernjakob Swehn]: b 8 Nov 1847 Bellevue; m 16 Mar 1872 Garnavillo,Iowa; d 19 Nov 1913 Lincoln Twp,Iowa Co
3 Catharina Elisa Johanna Schroeder: b 29 Sep 1847 Glaisin; d 16 Oct 1930 Muscatine,Iowa

3rd GENERATION

4 Johan Joachim Friederich Wiedow [Tageloehner]: b 25 Apr 1817 Suelze; m 15 Jun 1847 Grabow; d 19 Jan 1888 Lincoln Twp,Iowa Co
5 Maria Sophia Catharina Elisabeth Jarmer: b 23 Dec 1822 Muddelmasch
6 Johann Jochim Heinrich Schroeder [Haeusler]: b 15 May 1810 Glaisin; m 11 Feb 1842 Eldena; d 15 Mar 1882 Farmersburg,Iowa
7 Maria Elisabeth Dorothea Roesch: b 14 Jun 1821 Glaisin; d 30 Mar 1903 Lincoln Twp,Iowa Co,Iowa

4th GENERATION

8 Johann Ernst Joachim Christoph Wiedow (Wiede/Wiese) [Tageloehner]: b 25 Sep 1777 Kleeste; m 15 Oct 1803 Gross Pankow; d 16 Jan 1821 Gueritz
9 Anna Ilsabe (Marie) Harm: b 5 Mar 1779 Gross Pankow
10 Johann Friedrich Christian Jarmer [Kuhhirte]: b 24 Sep 1797 Muddelmasch; m 25 Jan 1822 Gross Laasch
11 Augusta Christina Johanna Springer: b 13 Mar 1797 Kolbow; d 18 Jan 1837 Neu Karstaedt
12 Daniel Hinrich Schroeder [Hauswirth]: b 1755/1759 Goehren; m 29 Nov 1796 Eldena; d 24 Nov 1832 Glaisin
13 Anna Maria Moeller: b 1777 Goehren
14 Johann Jochim Roesch [Knecht]: c 28 May 1783 Eldena; m 9 Feb 1819 Eldena; d 6 Sep 1838 Glaisin
15 Maria Elisabeth Dorothea Boeckman: b 24 Sep 1792 Karenz; d 8 Aug 1822 Glaisin

5th GENERATION

16 Ernst Joachim Christian Wiede [Huetmann]
17 Margaretha Elisabeth Dorothea Brahn
18 Christopher Harm [Hauswirth]: c 6 May 1735 Gross Pankow; m 22 Nov 1776 Gross Pankow
19 Catharina Maria Schult: c 18 Jan 1753 Gross Pankow
20 Christian Friederich Jarmer [Buedner]: b 6 Aug 1756 Carstaedt; m 18 Nov 1783 Gross Laasch; d 5 Mar 1814 Muddelmasch
21 Sophia Elisabeth Koeper: b Abt 1760 Dadow
22 Johann Friedrich Springer [Hirte]: b Abt 1762 Boeck; m 2 Oct 1788 Gorlosen; d 13 May 1832 Eldena
23 Ilsabe Maria Meier: b 19 Oct 1761 Gross Laasch; d 5 Jan 1811 Eldena
24 Christian Schroeder [Schulze]: b Abt 1718 ; d May 1784 Goehren
25 Maria Ilsabe Ludemann: b Abt 1728 ; d 8 Apr 1797 Goehren
26 Peter Adolph Moeller [Hauswirth]
27 Catharina Maria Timm
28 Hans Jochim Roesch [Tageloehner]: d Bef 1819
29 Maria Elisabeth Mundt: b 1752 Straas; d 28 May 1831 Glaisin
30 Jochim Hinrich Boeckman [Tageloehner]: c 21 Nov 1764 Conow; m 15 Nov 1791 Conow; d 3 Apr 1840 Karenz
31 Marie Liese Dorothea Sass: c 16 May 1764 Conow

6th GENERATION

36 Jochim Harm: c 26 Sep 1689 Gross Pankow; m 14 Nov 1726 Gross Pankow
37 Catharina Harms
38 Christopher Schult: c 6 Oct 1713 Gross Pankow; m 2 Nov 1753 Gross Pankow; bu 14 Sep 1762 Gross Pankow

39 Margarethe Elisabeth Gronow
40 Johann Juergen Jarmer [Krueger]: b Karstaedt; m 14 Jul 1751 Gross Laasch
41 Catharina Margarethe Beencke: b Abt 1726 Karstaedt?; d 7 Jan 1786 Karstaedt
42 Johann David Koeper [Kuhhirte]: c 16 Nov 1732 Grabow; d 5 Dec 1787 Dadow
43 M. Graf: b Abt 1735 ; d 14 Jan 1795 Dadow
44 Johan Ludwig Springer: d Bef 1811
46 Peter Zarnck [Hauswirth]
47 Anna Margaretha Meier
48 Adolph Schroeder [Schulze]
52 Jochim Diederich Moeller
60 Adam Boeckman [Schiffsknecht]: b Moellenbeck?; m 2 Dec 1755 Conow
61 Sophia Elisabeth Mau: b 8 Jul 1733 Carentz
62 Caspar Friedrich Sass: b 2 Sep 1738 Conow; m 23 Nov 1762 Conow
63 Anna Maria Schult: b 6 Jan 1739 Grebs

7th GENERATION

72 Gabriel Harm: m 1687 ; Gross Pankow
73 Liese Camin
76 Jochim Schult [Hauswirth]
82 Hans Jochim Beencke [Halbhuefner]
84 Hans Jochim (Juergen) Koeper [Ochsenknecht]: c 26 Oct 1697 Grabow; m 8 Nov 1725 Grabow
85 Anna Dorothea Zohm: c 18 May 1696 Grabow
120 Adam Boeckman: d Bef 1755
122 Jochen Ulrich Mau [Zimmermeister]: b Karenz?; m 2 Nov 1723 Conow
123 Ilsabe Geister: c 29 Sep 1695 Conow
124 Jochim Sass [Hauswirth]: c 1 Dec 1692 Conow; m 26 Jun 1725 Conow; bu 13 Nov 1768 Conow
125 Trinn Greth Meier: c 29 Jul 1702 Conow
126 Hans Christopher Schult [Einlieger]: b Feb 1707 Rattenfort; m 30 Nov 1734 Conow
127 Maria Elisabeth Schultz: b Mar 1712 Schlesien

8th GENERATION

168 Jochim Koepe [Kuhhirte]: c 27 Sep 1654 Grabow; m 19 Apr 1692 Grabow; d 1698 Bekenthin
169 Anna Maria Vielhaken: c 27 Dec 1668 Grabow
170 Jochim Zohm [Jr.]: b Cremmin?; m 13 Nov 1673 Grabow
171 Lisebeth Ratsack: c 10 Dec 1656 Grabow
246 Jochim Geister [Hauswirth]: b Carentz?
247 Ann
248 Marten Sass [Kuhhirte]: b Conow?
249 Trien
250 Johann Meier [Hauswirth]: m 15 Nov 1692 ; Conow
251 Elisabeth Teess: b Glaisin
252 Johann Schult: b Rattenfort; m 14 Mar 1700 Conow
253 Lehn Gret Koetter: b Rattenfort?
254 Hans Christopher Schultz: m 30 Jul 1709 ; Conow
255 Anna Maria Dasse

9th GENERATION

336 Juergen Grantz
337 Elst Koeppe
338 Jochim Vielhaken
339 Anna Rodatz
340 Jochim Zohm
341 Liesebeth

342 Jacob Ratsack [Schmied]: b Cremmin?; m 1 Dec 1652 Grabow
343 Trinn Bastian
492 Joch. Geister [Hauswirth]
500 Casten Meier [Hausmann]
502 Peter Teess [Schultze]: d Bef 1703
508 Caspar Schultz
510 Hans Dasse [Steuermann]

10th GENERATION

672 Juergen Grantz

```
        Name          (Birth/Chr.-Death/Burial)   Birth/Chr. Place

1-- Ernst Joachim Christian Wiede [Huetmann] (    -    )
 sp-Margaretha Elisabeth Dorothea Brahn (    -    )
   2-- Catharina Maria Wiede (1773-    )  Kleeste
   2-- Ilse Catharina Margarethe Wiede (1775-    )  Kleeste
   2-- Johann Ernst Joachim Christoph Wiedow (Wiede/Wiese) [Tageloehner] (1777-1821)  Kleeste
    sp-Anna Ilsabe (Marie) Harm (1779-    )  Gross Pankow
      3-- Johann Jochim Heinrich Wiedow (1804-1847)  Panckow
       sp-Auguste Elisabeth Henrica Carolina Peters (1805-    )  Eldena
      3-- Jacob Friederich Wiede (1807-    )  Gross Pankow
      3-- Carl David Wiedow (1809-    )  Beckentin
      3-- Joachim Friederich Moritz Wiedow (1812-    )  Gueritz
      3-- Johanna Marie Sophia Wiedow (1815-1816)  Gueritz
      3-- Johan Joachim Friederich Wiedow [Tageloehner] (1817-1888)  Suelze
       sp-Maria Sophia Catharina Elisabeth Jarmer (1822-    )  Muddelmasch
         4-- Carl Friederich Johann Wiedow [Juernjakob Swehn] (1847-1913)  Bellevue
          sp-Catharina Elisa Johanna Schroeder (1847-1930)  Glaisin
            5-- Heinrich Wiedow [Dr.] (1873-1940)  Garnavillo,Iowa
             sp-Cora Simpson (1869-1928)
            5-- Maria Wiedow (1874-1956)  Garnavillo,Iowa
             sp-Cary Lowe Sheppard [Osteopath] (1872-1959)  Mt. Pleasant,Pa
            5-- Elise Dorethea Marie Wiedow (1879-1913)  Read Twp,Clayton Co,Iowa
             sp-Louis Cameron Forney [Carpenter] (1874-1955)  Dayton Twp,Iowa County
            5-- Karl Heinrich Wilhelm Wiedow [Cabinet Maker] (1884-1966)  Lincoln Twp,Iowa Co,Iowa
             sp-Velda Lenore Forney (1890-1989)  Deep River,IA
            5-- Bertha Caroline Wiedow (1889-1973)  Lincoln Twp,Iowa Co,Iowa
             sp-Henry J. Nyweide [Driver] (1882-1945)  Holland
         4-- Johann Carl Friederich Wiedow [Farmer] (1851-1930)  Bellevue
          sp-Wilhelmine Mueller (1855-1880)  Stolp,Pommern
            5-- Wilhelmine Caroline Margarethe Wiedow (1876-1949)  Read Twp,Clayton Co
             sp-Asa C. Wilmont (    -    )
             sp-Oscar J. Tyrrell (    -    )
          sp-Anna Maria Schroth (1855-1903)  Wuertemberg
            5-- Maria Henrietta Wiedow (1881-1929)  Littleport,Iowa
             sp-Carl H. Timm (    -    )
            5-- Adolph Heinrich Carl Wiedow (1882-1956)  Victor,Iowa
            5-- Catharina Barbara Wiedow (1887-    )  Victor,Iowa
            5-- Johann Friedrich Emil Wiedow (1889-1968)  Victor,Iowa
         4-- Anna Maria Elisabeth Wiedow (1853-    )  Glaisin
          sp-Heinrich Schrank (1853-1875)
            5-- Wilhelmine Henrietta Margarethe Schrank (1874-    )  Farmersburg Twp,IA
          sp-Johann Juergen Heinrich Schuldt (1837-    )  Gross Schmoelen
            5-- Marie Louise Schuldt (1876-    )  Giard Twp,Clayton County,Iowa
            5-- Anna Dorethea Elise Schuldt (1878-    )  Giard Twp,Clayton County,IA
            5-- Heinrich Carl Schuldt (1880-    )  Giard Twp,Clayton County,IA
            5-- Carl Johann Heinrich Schuldt (1882-    )  Giard Twp,Clayton County,IA
            5-- Wilhelm Heinrich Christoph Schuldt (1884-    )  Giard Twp,Clayton County,IA
            5-- Hermann Christoph Louis Schuldt (1887-    )  Giard Twp,Clayton County,IA
            5-- Johann Joachim Schuldt (1889-    )  Giard Twp,Clayton County,IA
            5-- Eddi Friederich Wilhelm Carl Schuldt (1892-    )  Giard Twp,Clayton County,IA
            5-- Alwine Charlotte Mathilde Elise Schuldt (1896-    )  Giard Twp,Clayton County,IA
   2-- Friedrich Ludwig Wiede (1779-1780)  Kleeste
   2-- Friedrich Ludwig Wiede (1781-    )  Klein Berge
```

```
Name            (Birth/Chr.-Death/Burial)   Birth/Chr. Place

1-- Hans Jochim Roesch [Tageloehner] (    -1819)
 sp-Maria Elisabeth Mundt (1752-1831)  Straas
    2-- Maria Elisabeth Roesch (1781-1781)  Eldena
    2-- Catharina Maria Roesch (1782-    )  Eldena
    2-- Johann Jochim Roesch [Knecht] (1783-1838)  Eldena
     sp-Maria Elisabeth Dorothea Boeckman (1792-1822)  Karenz
        3-- Carolina Anna Maria Roesch (1815-    )  Glaisin
        3-- Maria Elisabeth Dorothea Roesch (1821-1903)  Glaisin
         sp-Johann Jochim Heinrich Schroeder [Haeusler] (1810-1882)  Glaisin
            4-- Elisabeth Maria Catharina Johanna Schroeder (1842-    )  Glaisin
             sp-Karl Ahrend (   -   )
            4-- Elisa Maria Dorothea Wilhelmine Schroeder (1845-    )  Glaisin
             sp-Johann Juergen Heinrich Schultz (   -   )
            4-- Catharina Elisa Johanna Schroeder (1847-1930)  Glaisin
             sp-Carl Friederich Johann Wiedow [Juernjakob Swehn] (1847-1913)  Bellevue
            4-- Johann Jochim Christian Daniel Schroeder (1849-1927)  Glaisin
             sp-Maria Bartels (1851-    )
            4-- Sophia Catharina Johanna Schroeder (1852-1853)  Glaisin
            4-- Catharina Elisa Wilhelmina Schroeder (1860-1860)  Glaisin
            4-- Joachim Carl Heinrich Schroeder (1863-1863)  Glaisin
            4-- Christian Carl Jacob Schroeder (1863-1863)  Glaisin
        3-- Catharina Elisabeth Henrica Roesch (1825-    )  Glaisin
        3-- Johann Heinrich Christian Roesch (1827-    )  Glaisin
        3-- Johann Juergen Heinrich Roesch (1831-1895)  Glaisin
         sp-Carolina Maria Dorothea Lucia Schuett (1838-1921)  Glaisin
    2-- Stillbirth Roesch (1786-1786)  Glaisin
    2-- Ana Dorothea Roesch (1787-1790)  Glaisin
    2-- Ana Margaretha Roesch (1789-1790)  Glaisin
    2-- Helena Catharina Roesch (1792-    )  Glaisin
```

BIOGRAPHIE DR. HEINRICH WIEDOW

Die folgende Biographie ist eine Übersetzung von *An Illustrated History of Nobles County, Minnesota* [14]; ein Exemplar besitzt die Nobles County Historical Society, Worthington, Minnesota. Für eine Kopie der Biographie bin ich Carol Madsen, Nachkomme der Familie Wiedow aus Liepe (Anhang F), dankbar. Weil Dr. Wiedow sie wahrscheinlich selbst entweder geschrieben oder bestätigt hatte, ist sie vielleicht glaubwürdiger als Details, die in der Familie mündlich überliefert oder im Nachruf aufgeführt sind.

„Dr. Heinrich Wiedow, Arzt und Chirurg in Worthington, wurde am 05.01.1873 als Sohn von Charles und Elizabeth (Schröder) Wiedow geboren. Beide Eltern wurden in Deutschland geboren, wanderten als Jugendliche nach Amerika und heirateten in Amerika. Die ersten zwanzig Jahre seines Lebens verbrachte Heinrich Wiedow auf einer Farm. Anschließend besuchte er die Oberschule in Marengo, Iowa, wo er 1897 promovierte. An der Universität Iowa studierte Heinrich Wiedow zwei Jahre im akademischen Programm, dann im College of Medicine, und 1902 erlang er sein Diplom.

Nach seiner Promovierung studierte er sechs Monate in Wien und Berlin im Fachbereich „blutlose Chirurgie" unter dem weltbekannten Dr. Adolph Lorenz. Nach seiner Rückkehr aus Europa eröffnete er zuerst eine Praxis in Round Lake (Minnesota), wo er zwei Jahre blieb. Am 01.01.1904 kam er nach Worthington (Minnesota), eröffnete eine Praxis und praktizierte von da an in seinem ausgewählten Beruf.

Dr. Wiedow heiratete Fräulein Cora Simpson, Tochter von Mr. und Mrs. G. G. Simpson, am 4. Juli 1900. Der Arzt und seine Frau sind beide Mitglieden der Presbyterian Kirche.

Am 1. Juli 1908 promovierte Dr. B. O. Mork, aus Yellow Medicine, Minnesota, von der Hamline Universität und der Hamline Medical School, und eröffnete mit Dr. Heinrich Wiedow eine gemeinsame Praxis. Sie praktizieren unter dem Namen „Wiedow & Mork".

NACHRUF DR. HEINRICH WIEDOW

In der am 20.12.1940 erschienenen Ausgabe der Zeitung *The Desert Trail*, Twentynine Palms, Kalifornien, findet man:

„Dr. Wiedow, örtlicher Arzt und Chirurg, plötzlich verstorben; wahrscheinlich infolge Herzschlages während einer Autofahrt.

Die Trauerfeier Dr. Henry Wiedows wurde heute (Freitag) Vormittag in der Little Church of the Desert in Twentynine Palms unter der Leitung von Pastor Dr. C. C. Williamson gehalten.

Ein tödlicher Unfall ereilte Dr. Wiedow Dienstag Abend um halb sechs, als er, wahrscheinlich von einem Herzschlag getroffen, tot unter seinem umgekehrten Coupe auf dem Two-Mile Road, einer kurzen Strecke östlich der Post, gefunden wurde.

Ein paar Minuten vor seinem Tod, als er sein Hospital verließ, bemerkte er gegenüber seiner Tochter Edythe, daß er sehr müde sei, jedoch noch drei Patienten besuchen müsse, ehe er seine Heimreise am Abend antreten könne.

Freunde, die Dr. Wiedow zum letzten Mal die Ehre erweisen wollten, füllten die Kirche. James W. Martin aus Pasadena, seit langer Zeit ein Freund der Familie und von Ruth Nichoes auf dem Klavier begleitet, sang „The Old Rugged Cross", „In the Garden" und „Crossing the Bar".

Der Leichnam wird neben seiner Frau im Grand View Mausoleum, Glendale beigesetzt. Dr. Robert L. Evans, Pastor i. R. der Lincoln Avenue Presbyterian Kirche in Pasadena, wird der Beisetzung im Grand View beiwohnen. Dr. Wiedow war ein Ältester der Lincoln Avenue Presbyterian Kirche. Brüder des Kiawanis werden die Beisetzung leiten.

Dr. Wiedow starb im Alter von 67 Jahren. 1873 im Clayton County, Iowa geboren, absolvierte er die Oberschule und promovierte 1900 an der Universität Iowa, in der medizinische Fakultät. Danach erlernte er zwei Jahre die Chirurgie an der Universität Berlin in Deutschland. In Berlin wurde er von zwei der damals angesehensten Chirurgen der Welt, Adolph Lorenz und von Bergman, unterrichtet. Einer von ihnen war Gründer der blutlosen Chirurgie. Zudem war von Bergman Kaiser Wilhelms persönlicher Chirurg.

20 Jahre lang praktizierte Dr. Wiedow Medizin und Chirurgie in Worthington, Minnesota. Während des II. Weltkrieges diente er als Leiter des Minnesota State Medical Advisory Board. Dafür bekam er eine Medaille von Präsident Wilson.

Dr. Wiedow lehrte weiterhin Chirurgie an der Mayo Klinik in Rochester, Minnesota.

Während seines letzten Jahres an der Universität Iowa heiratete er. Frau Wiedow starb bereits 1928.

1923 von Worthington nach Altadena umgezogen, praktizierte er bis 1936; dann kam er aus gesundheitlichen Gründen nach Twentynine Palms und suchte hier aufgrund des Klimas Erholung. Schnell kam er wieder zu Kräften und bekam die Idee, ein Hospital in Twentynine Palms zu gründen. Das heutige Twentynine Palms Hospital ist ein Denkmal zu Ehren Dr. Wiedows. Allein baute er fast das komplette steinerne erste Gebäude, das für mehrere Jahre als Wohnung, Büro und Operationszimmer diente. Nach und nach wurde es erweitert; heute könnte es einem Dutzend oder mehr Patienten zur Genesung dienen.

Dr. Wiedow lieferte große Beiträge zu allen bürgerlichen und gesellschaftlichen Sachen, war wohlwollend in der Begründung unserer Kirche, war Mitglied des örtlichen Lions Clubs, ein lebenslängliches Mitglied des Altadena Kiwanis Clubs sowie ein Mitglied der American Medical Association. Er zeichnete sich zudem für die Ernennung der örtlichen Veteranen des Weltkrieges verantwortlich.

Hinterbliebene sind zwei Schwestern, Frau Bertha Nyweide von Muscatine, Iowa und Frau Mary Sheppard von Owossa, Michigan, ein Bruder, Charles Wiedow von Victor, Iowa, und seine Tochter, Frau William Phelps; Frau Phelps wird die Institution und das Genesungsheim, die der Vater gründete, übernehmen.

Die Bahrtuchhalter waren Brüder des Lions Clubs, Walt Berg, Frank Bagley, Ted Holderman und Bill Underhill; William Hazlett von Los Angeles, ein lebenslanger Freund, und Henry Oleson. Reynolds & Eberle, Leichenbestatter aus Pasadena, waren mit der Führung des Trauergottesdienstes beauftragt.

The Desert Trail vereinigt sich mit Freunden der Familie im herzlichen Beileid an die Familie in ihrer Verlassenheit."

Eine Woche später, in der Redaktionsabteilung derselben Zeitung, findet man:

Henry Wiedow – Arzt

Vielleicht hat nie ein Ereignis in Twentynine Palms eine so weit verbreitete Trauer verursacht, wie der plötzliche Tod des Arztes Henry Wiedow. Es war die Dämmerung des Abends, als dieser Kämpfer in der Armee der Gläubigen den Befehl des Oberkommandos hörte. Es geschah am Ende eines vollkommenen Tages für Henry Wiedow – vollkommen, weil er die Ehre hatte, bis zum Augenblick seiner Abreise leidenden Menschen zu dienen. Dann, augenblicklich, arbeitete er in „einem anderen Zimmer".

Es passierte gerade so, wie er es wünschte – ohne Pause zwischen der Arbeit hier und der Arbeit da. „Nur noch drei Patientenbesuche; dann komme ich nach Hause – um auszuruhen", sagte er, als er zu seinem Rendezvous mit dem Tod fort ging. Er hielt dieses Rendezvous und ging nach Hause.

Ein fester christlicher Mann, ein außerordentlich fähiger Arzt, ein gütiger Mann. Seine Taten sind unvergänglich."

BRIEFE VON EDIE WIEDOW

Da sie einen besonderen Eindruck zu Dr. Henry Wiedow liefern können, werden hier zwei Briefe von seiner adoptierten Tochter, Edythe Ann (Edie), veröffentlicht. Der erste Brief wurde zwölf Tage nach Henrys Tod geschrieben, und war an Edies Tante Bertha (Wiedow) Nyweide adressiert. Der Charlie, der in der Nachschrift erwähnt wurde, muß ihr Onkel Charlie Wiedow sein. Der Brief wurde von Berthas Enkel Bill Nyweide zur Verfügung gestellt. Der zweite Brief wurde geschrieben, als Edie 71 Jahre alt war, d. h. fast 50 Jahre später; er war an Sharon McKay, die Tochter von Edies Kusine, Alice (geb. Wiedow) Wolf adressiert. Er war als Antwort auf Sharons Bitte um Information für ihr Familiengeschichtsprojekt geschrieben – und ist deshalb sehr aufschlussreich. Es wurde von Sharon McKay zur Verfügung gestellt.

P.O. Box 61 Telephone 302
TWENTYNINE PALMS EMERGENCY
HOSPITAL AND SANATORIUM
Henry Wiedow, M.D., Medical Director
Twentynine Palms, California

29. Dezember 1940

Liebste Tante Bertha,
Vielen Dank für Deinen schönen Brief und Dein Angebot zu kommen. Ich weiß, daß Du Dir die Reise nicht leisten kannst, und ich bin nicht alleine. Ich habe am 7. September 1939 geheiratet, unmittelbar nachdem ich von meinem letzten Besuch von Euch zurückkehrte.

Ich schickte Dir ein Geschenk, welches Papa Dir, kurz bevor er von uns ging, gekauft hatte. Ich dachte, daß es Dich doppelt freuen würde, denn, wie Du siehst, hat er bis zur letzten Minute an Dich gedacht. Ich denke, Du weißt, wie sehr er Dich liebte, Tante Bertha.

Du warst immer so erfreut darüber, Dich bei jedem kleinen Anlaß an ihn zu erinnern, und, obwohl er zu beschäftigt oder zu müde war, um Dir oft zu schreiben, es bedeutete nicht, daß er nicht oft an Dich dachte.

Papa war bis zur letzten Minute auf den Beinen. Er wurde sehr schwach im letzten Monat seines Lebens, aber man hörte ihn nie klagen, weil er niemand zur Last fallen wollte. Im Nachhinein ist es mir bewußt geworden, daß er immer etwas ermüdet aussah und auch etwas kurzatmig war, aber ich hatte das Gefühl, daß er in ein paar Tagen wieder auf den Beinen wäre, wenn er sich, wie üblich, wieder etwas erholt hätte. Als er von uns ging, war ich mit einer Grippe ans Bett gefesselt, von der ich befürchtete, sie könne sich zu einer Lungenentzündung verschlimmern. Freilich ist es einsam ohne ihn, aber ich versuche ihn nicht zu vermissen, weil ich weiß, daß es ihm nun besser geht. Es ging so blitzartig, daß ich es immer noch nicht richtig realisiert habe. Er ging, wie er immer gehen wollte, während er seine Patienten besuchte und anderen Leuten half. Er hatte einfach zu hart gearbeitet.

Ich sende Euch eine Zeitung mit einem Leitartikel zu, der für meinen Papa geschrieben wurde, und der sehr deutlich zeigt, wie ihn jeder in dieser Gemeinschaft verehrte. Ich bin so stolz darauf, daß ich seine Tochter war und daß ich die Eine war, die die Chance hatte ihn glücklich zu machen, weil er das Beste verdiente, was einem menschlichen Wesen zusteht.

Danke für Deinen Wunsch zu uns zu kommen; vielleicht können Bill und ich Dir diesen Sommer einen Besuch abstatten. Wir wollen das auch gerne. Schreib mir bitte!

Alles Liebe
Bill und Edie Phelps

P.S. Entschuldige die Fehler – ich habe kein Wort von Charlie gehört – nimmst Du an, daß er meinen Brief nicht erhielt?

9. Juni 1990

Liebe Sharon,
Ich kann Dir gar nicht erzählen, wie neugierig ich war, als ich heute Morgen Deinen Brief erhielt. So seltsam sich das auch anhören mag, aber die letzten paar Wochen ist der Name „Wiedow“ mir schlagartig durch den Kopf geschossen! Es war schon etwas gespenstisch, da ich mir vorstellte, daß ich vielleicht das Ende der Linie meiner Generation war, und es brachte mich dazu, mich zu fragen, ob einige der Vettern, die ich aus meiner Kindheit kannte, immer noch am Leben waren. Jene, an die ich mich am besten erinnere, waren die Kinder von Onkel Charlie und Tante Velma. Bis zum Tod meiner Mutter im Jahr 1928 besuchten wir den Bauernhof alle zwei Jahre, und ich habe wundervolle Erinnerungen an diese Zeit. Weil ich ein Einzelkind war, war das schlafen in einem Zimmer mit den Vettern einfach wunderbar. Ich erinnere mich sogar an eine große Kiefer (Pinie) unmittlerbar vor dem Schlafzimmerfenster, die ich nachts sehen konnte. Harold war der Älteste und viel zu kultiviert, um sich um den Rest von uns zu kümmern. Ich denke, daß es Leon (Autor: wahrscheinlich Clark) war, der uns gelegentlich neckte, aber es waren Violet und Alice, die ich innig liebte. Wie ich sehe, ist Alice Deine Mutter – stimmt das? Sie bekam einige meiner abgelegten Kleidungsstücke. Ich erinnere mich an ein Spektakel, das ich verursacht habe. Ich hatte ein blau-weißes Sommerkleid, mein liebstes Kleidungsstück. Das gab meine Mutter ihr, aber ich wollte nicht, daß jemand anders es bekommt. Ich war schon immer modebewusst, auch schon als Kind.

Ich erinnere mich daran, entlang der unbefestigten Straße zu gehen, und irgendwelche Beeren, ich glaube es waren Johannisbeeren, mit Zucker vermengt in ein sauberes weißes Tuch einzuwickeln, um dann den Saft daraus zu saugen! In diesem Augenblick kann ich mich nicht an den Tag oder das Datum oder manchmal sogar an meinen eigenen Namen erinnern!!!! Ist es nicht komisch, wie ein Brief viele Erinnerungen zurückbringen kann. Ich erinnere mich auch an Chiggers (Insekten) im Gras. Jeder saß damals nachts draußen, und ich wurde derart in Füße und Knöchel gestochen, daß ich mit meinen geschwollenen Füßen kaum noch laufen konnte. Wir fingen auch Glühwürmchen (Leuchtkäfer) in einer Flasche. Das war wunderbar; in Kalifornien hatten wir solche Dinge nicht – auch keine Chiggers – Gott sei Dank!

Wir campierten vor einigen Jahren in Iowa in unserem Anhänger nicht weit entfernt von Fort Dodge, und mein Mann, ein einheimischer Kalifornier, rief mich, ich solle herauszukommen und die Funken eines Lagerfeuer im Gras landen zu sehen. Als ich erklärte, daß sie Ungeziefer mit Lichtern in ihren Schwänzen seien, sah er mich an, als hätte ich meinen Verstand verloren. Unser Sohn entdeckte sie vor einigen Jahren zum ersten Mal und konnte auch nicht glauben, daß sie leuchteten.

Eines der Dinge, an die ich mich bei Harold erinnere, war, daß, als er die Oberschule absolvierte, mein Papa ihm versprach ihm seine goldene Taschenuhr zu geben. Ich frage mich, ob der diese Uhr noch hat oder ob sie das gleiche Schicksal ereilt hat, wie die vielen anderen Dinge, die wir in unserer Kindheit und Jugend als nutzlos erachteten.

Genau wie Du denke ich wehmütig zurück an die Geschichten, und die Fragen, die man hätte stellen können, als es noch jemand gab, der sie hätte beantworten können. Ich bin begeistert, daß Du ein solch interessantes Hobby gefunden hast. Es ist erstaunlich, wie viele Leute ich getroffen habe, die sich in dieser Zeit mit Ahnenforschung beschäftigen.

Wie Du vielleicht weißt oder auch nicht, wurde ich von Cora und Henry adoptiert, nachdem ich im Worthington, Minnesota Krankenhaus geboren war. Das Krankenhaus gehörte Cora und Henry. Meine Mutter starb kurz nach meiner Geburt, und ich verließ nie das Wiedowsche Haus. Ich wurde offiziell im Alter von etwa 6 Monaten von Ihnen adoptiert. Ich hatte die Gelegenheit alles über meine Mutter, Vater, Brüder und alle weitere Verwandtschaft zu erfahren. Ich denke, das sagt Dir, wie fürsorglich mein Vater war. Ich habe noch eine Tante seitens meiner leiblichen Mutter und meinen älteren Bruder, die beide noch am Leben sind und mit denen ich Kontakt pflege, aber kein Blutverwandter nahm jemals den Platz der Familie Wiedow in meinem Herzen ein. Mein Mann und ich adoptierten 1950 einen Jungen gleich nach seiner Geburt, und wir haben ihn William Wiedow Welch genannt, als meine Art, meinen Namen aufrechtzuerhalten. Er ist jetzt 40 Jahre alt und wäre seinem Großvater eine Freude gewesen.

Ich kannte niemals die Namen von Großmutter und Großvater Wiedow. Großvater muß vor meiner Geburt gestorben sein, und Großmutter lebte bis zu ihrem Tod zusammen mit Tante Bertha. Ich hatte immer den Eindruck, daß sie mich mochte, wenn sie uns in Kalifornien besuchte oder wenn wir sie bei Tante Bertha trafen. Ihr Englisch war sehr gebrochen und Bertha sprach mit ihr fast ausnahmslos deutsch. Mein Papa konnte nicht viel Deutsch, und keine der Familie, an die ich mich erinnern kann, hatten auch nur den geringsten Akzent. Weil Papa der Älteste war, habe ich mich gefragt, ob Großvater Wiedow hier in diesem Land geboren wurde oder zumindest lange hier gelebt hatte. Ich habe nie noch einen Deutschen getroffen, der die Schreibweise „*Wiedow*“ kannte. Ich habe andere Schreibweisen gesehen. Weißt Du irgendetwas darüber? Wurde es geändert oder auf irgendeine Weise amerikanisiert?

Ich habe ein sehr gutes Photo von Papa und ich werde versuchen, es mit der Maschine in der Bibliothek zu duplizieren. Ich habe sicher noch andere Dinge, die sicherlich interessant für Dich wären. Auf Deine Anfrage bezüglich seiner Gewohnheiten usw. zu antworten: Er war Kirchenbesucher und in der Gemeinde engagiert, war eingetragenes Mitglied des Pasadena Lion's Clubs, arbeitete mit unterprivilegierten Kindern, verkleidete sich als Santa Claus (Weihnachtsmann) am Heiligabend für die Nachbarschaftskinder und hatte eine warme mitmenschliche Persönlichkeit, die ihm eine wunderbar gute Beziehung mit seinen Patienten gab. Übrigens, falls es Dich interessiert, absolvierte er die University of Minnesota Medical School, Klasse von 1902. (Bemerkung vom Autor: Henry absolvierte die University of Iowa im Jahr 1902, wie es in einem Protokoll des College of Medicine dokumentiert ist. Siehe Bild 11.1.) Er und meine Mutter reisten 1911 und 1913 nach Deutschland, so daß er unter anderem die neuesten Operationsmethoden studieren konnte, von Chirurgen, die damals als die besten Chirurgen in der Welt galten. Einer der Gründe, woher ich weiß, daß sein deutsch begrenzt war: Unter den Geschichten die er zu erzählen pflegte, war eine, daß er vergeblich versuchte, einem Polizisten zu erklären, daß er sich verlaufen hatte und eine Wegbeschreibung brauchte. Er hatte einen großen Sinn für Humor. Er besaß das Worthington City Hospital, das einzige Krankenhaus in der Stadt. Veräußerte es, als er zu krank wurde, um noch praktizieren zu können. Das war etwa 1921 oder 1922. Er hatte Tuberkulose. Aus gesundheitlichen Gründen machte er mehrere Reisen nach Kalifornien. Schließlich sind wir nach Altadena (Kalifornien) umgezogen, wo wir lebten, bis er wieder aus gesundheitlichen Gründen nach 29 Palms, California zog. Das war im Jahr 1937. Dort gab ihm die trockene Wüstenluft noch ein paar Lebensjahre. Er starb in 1940, kurz vor seinem 68. Geburtstag, den er am 5. Januar 1941 gefeiert hätte.

Ich weiß nichts über den Verbleib einiger Familienangehöriger seitens meiner Mutter. Sie wurde als Cora Simpson geboren. Ich erinnere mich an Großvater Simpson, und daran das wir ihn in Aberdeen, South Dakota besucht haben. Aber er muß vor meiner Mutter gestorben sein. Sie starb im Februar 1928. Sie wurde im Jahr 1869 geboren und war vier Jahre älter als mein Vater. Sie war Schullehrerin und ich bin mir sicher, daß sie ihn unterstützt hatte, als er anfing zu praktizieren. Er bearbeitete seinen Weg durch das College und die medizinische Schule. Ich erinnere mich daran, daß er, nachdem er viele Stunden gearbeitet hatte, spät zu seinem Zimmer zurückkommen und dann noch bis spät in die Nacht studieren mußte. Er konnte sich keinen Haarschnitt leisten, und benutzte während des Studiums Haarklammern um seine Haare von den Augen fernzuhalten. Eines Morgens ging er in die Klasse und hatte immer noch die Klammern in seinem Haar und so erwarb er sich den Spitznamen der „Seitenkämmer“ von seinen Klassenkameraden.

Ich hätte vielleicht erwähnen sollen, daß ich Onkel Charlie und Tante Velda 1938 das letzte Mal sah, als ich durch Victor fuhr, um sie zu sehen. Sie lebten in dieser Zeit in der Stadt, glaube ich jedenfalls, und sie waren sehr freundlich und froh, sich mit mir und einer Freundin zu unterhalten. Meine Freundin begleitete mich nach New York um uns dort die Weltausstellung zu betrachten. Das war mein Graduierungsgeschenk. Ich verbrachte auch ein Paar Tage und Nächte mit Margaret Willard und ihrer Familie in Ann Arbor und hatte eine wunderbare Zeit. Ihre Tochter Ann besuchte die Universität, glaube ich. Sie hatte eine schöne Dinnerparty für uns arrangiert an der auch einige ihrer Freunde teilnahmen. Ich müßte damals 19 gewesen sein. Margaret Sheppard hielt Kontakt durch Weihnachtsbriefe bis zu Ihrem Ableben. Ich habe Bilder von Margaret, Harriet und eine ihrer anderen Schwestern in unserem Hause in Altadena. Ich vermute, daß ich damals etwa 6 Jahre alt war, da meine Mutter auch auf den Bildern war. Ich kann mich aus unerfindlichen Gründen nicht mehr an den Namen Margaret Sheppards Mutter erinnern, ich weiß lediglich, daß sie 3 oder 4 Töchter hatte und mit einem Chiropraktiker, oder einem Osteopath, verheiratet war, und sie schickten alle Mädchen nach Ann Arbor, wo sie alle ihr Master's Degrees erhielten. Eine wirklich intelligente Familie – und sie genossen das Leben in vollen Zügen.

Ich vergaß Papas äußere Erscheinung. Er war etwa 5'11" (180 cm), aber er wurde wie die meisten Leute vor seinem Tod kleiner (vermutlich aus Gründen, die aus einer Krankheit resultieren). Er wog etwa 165lbs (75 kg), hatte hellbraunes Haar und sehr blaue Augen, und war meines Erachtens nach ein gut aussehender Mann.

Ich erinnere mich daran, vage von jemandem gehört zu haben, daß er und meine Mutter einen Sohn hatten, der früh in der Kindheit starb. Der Wahrheitsgehalt dieser Aussage läßt sich nicht bestätigen, aber auch nicht widerlegen. Ich weiß auch nicht ob dieses Kind in Worthington geboren wurde, wenn es denn existierte. Das war lange vor meiner Geburt.

Ich hoffe, daß ich in der Lage war Dir wenigstens einige der von Dir gewünschten Informationen zukommen zu lassen. Ich möchte diesen Brief Deiner Mutter vorlegen, und vielleicht erinnert sie sich daran, wie viel Spaß wir als Kinder zusammen hatten. Ich wäre daran interessiert zu wissen wieviele Kinder von Onkel Charlie noch am Leben sind, und ob Berthas Sohn noch lebt.

Dies ist wirklich sehr lustig gewesen, und hoffentlich hören wir eines Tages wieder von Euch. Das heißt, wenn Du es so weit schaffst!!

Da ich kein wirklicher Zweig des Stammbaums bin, werde ich die Seite über uns nicht ausfüllen, aber es interessiert Dich sicher, daß ich 71 Jahre alt, bei guter Gesundheit, Mutter und Ehefrau bin. Ich habe nie richtig gearbeitet, ich habe mich lediglich um unser Haus gekümmert. Ich bin ein wirklicher „Nestbauer", koche gerne, dekoriere, erstelle Ölgemälde sowie Aquarelle, stricke, und häkele Afghans (Platzdeckchen), um meine Hände beweglich zu halten, währenddessen sehe ich fern. Ich bemale auch Porzellan.

Mein Mann Bill und ich heirateten im Februar 1946, als er vom Krieg zurückkehrte. Er ist jetzt 73, sehr gut aussehend, spielt Bridge, und bastelt in seinem Gemüsegarten herum, der trotz all der Dinge, die er dazu tut, zu gedeihen scheint. Er war bis zu seiner Pensionierung im Jahr 1976 Klempner in Pasadena, dann zogen wir hier nach Minden. Er ist auch Lieutenant Colonel der U.S. Luftwaffe im Ruhestand, und wir gehen einmal im Monat nach Sacramento, um unsere Rezepte abzuholen und Einkäufe beim Commissary und dem Base Exchange zu machen. Es ist etwa 100 Meilen (160 km) von hier und eine wunderschöne Fahrt über den Berg. Wir kommen gerade von dieser Tour zurück. Wir haben, wie ich Dir bereits sagte, einen Sohn namens Bill, der im Jahr 1950 das Licht der Welt erblickte. Er war schon immer ein großer Naturliebhaber. Wahrscheinlich rührt das daher, daß wir einen Wohnwagen kauften, als er drei Jahre alt war und wir sehr viel damit herumgereist sind. Letztes Jahr trampte er den „Appalachian Trail" 2100 Meilen (3.400 km) von Atlanta, Georgia dem Anfang bis hin zum Ende bei Mount Katadin, Maine. Es dauerte fünfeinhalb Monate und war eine große Bereicherung für ihn. Er ist auch den „Pacific Crest Trail" von Mexiko nach Kanada gewandert, und er bewältigt diesen Sommer einen Teil der neuen Hauptstraße durch die Rockies, von Yellowstone bis zu den Tetons. Über 6 Wochen wandern. Überflüssig zu erwähnen, daß er nicht verheiratet ist und keine Verpflichtungen hat. Als Bill in den Ruhestand ging, machte ich Pläne für unser Haus, legte sie den anderen vor und wir drei bauten unser Haus. Es kostete uns ein ganzes Jahr, aber es ist unser Heim, ein richtiges Zuhause, und wir lieben es. Wir leben am Fuß der Sierras in der „hochgelegenen Wüste", nur einige Meilen von Carson City, Nevada und von Lake Tahoe entfernt. Wenn ich nicht an etwas anderes denke, schicke ich diesen Brief morgen mittag mit der Post weg und wäre froh wieder von Dir zu hören.

Mit Liebe,
Edie

Briefe aus Hamburg

Diese zwei Briefe sind an Maria Sophia Catharina *Dorothea* (geb. Schlichting) Jahlas geschrieben. Sie war Witwe von *Johann* Jochim Jahlas, 1895 beim Zugunfall (Kapital 8) getötet. Johann war am 07.12.1850, Dorothea am 13.09.1854, beide in Glaisin, geboren. Sie sind 1895 ausgewandert. Der Übersender war die Witwe von Jochim August Heinrich Ludwig Schlichting, der am 29.10.1851 in Glaisin geboren wurde und 1915 in Hamburg gestorben ist. Er war der Bruder von Dorothea Schlichting. Herr Fründ, der den ersten Brief an Frau Jahlas nachgeschickt hatte, war wahrscheinlich Johann Heinrich F. L. Fründt, der am 10.07.1851 in Glaisin geboren ist und 1880 von Glaisin nach Iowa auswanderte. Die Briefe äußern nicht nur Einfühlung für Dorotheas Verlust, aber auch, noch stärker, die Hoffnungslosigkeit in Deutschland als Folge des ersten Weltkrieges. Die Briefe hat der Autor durch die Freundlichkeit von Bill und Ruth Jahlas aus Deep River, Iowa, bekommen. Die Rechtschreibung dieser Briefe folgt dem Original.

Hamburg d.5.d.7.1925

Werter Herrn Fründ,
ich bitte um Entschuldigung, daß ich Ihnen mit einem Schreiben belästige. Der Übersender dieses Schreiben ist Frau Jahlas ihre Schwägerin. Und weil ich Ihre Adresse von Jochim Fehlov zu wissen gekriegt habe, denn seine Schwägerin ist vor 14 Tage bei ihm zum Besuch gewesen in Glaisin. Nun möchte ich Ihnen bitten meine Schwägerin es wissen zu lassen und mir doch mal schreiben wie ihr es geht mit ihren Kindern. Hoffentlich gut.

Ich muß Dir mitteilen liebe Schwägerin, daß ich viel Staunen in die Kriegzeit gehabt habe. Meine liebe Schwägerin, 1915 ist mein Mann schon gestorben an Herzschlag. Denn er hat sehr zuviel von seinen Kindern zu Herzen genommen. Ich habe 4 Söhne im Krieg gehabt und 3 sind daran gefallen. Liebe Schwägerin, ich hätte Dir schon Kriegs geschrieben wenn ich Deine Adresse gewußt hätte. Liebe Schwägerin, ich bin nun schon 10 Jahre für mich allein. Ich habe mir eine Stube gemietet. Muß 10 Mark bezahlen. Ich bekomme Armeunterstützung, 6 Mark die Woche. Da kann man nicht viel mit machen, und arbeiten kann ich nicht mehr. Ich bin 76 Jahre. Bei meinen Kindern kann ich nicht sein denn sie haben kein Platz für mich. Also bleibt mir nicht anders über das ich für mich allein bin. Nun, Liebe Schwägerin, Du nimmst mir doch nicht für Ungut, daß ich Dir schreibe.

Herr Fründ hat uns auch mal besucht in Hamburg, als mein Mann noch lebte. Ich kann mir gar nicht erinnern, daß mein Mann sich deine Adresse nicht gegeben hat. Er hat da einmal von gesprochen.

Liebe Schwägerin, wie Du nach Amerika ging da hast Du Dein Mann auch gleicht verloren. Das war auch schrecklich wie wir es hörten. Ich habe noch den Brief von dem Mann wie er uns geschrieben hat, daß ihm allersten wolltet nach Amerika. Das war 1895 den 27. März. Ja, lange ist es schon her. Nun, liebe Schwägerin, bitte sei so gut und schreibe mir auch mal. Ich wurde mich sehr freuden, wenn Du mir den gefallen tust. Liebe Schwägerin, ich schreibe Dir meine Adresse,

Frau Schlichting
Henderstraße 11. H. 5. St.
Barmbeck
Hamburg 21

Hamburg den 3. Januar

Liebe Schwägerin und alle Deiner Kinder,
die besten Neu Jahres Wünsche. Seid Ihr gut ins neue Jahr hergekommen! Die Hauptsache ist wenn man nur gesund ist. Und dann, liebe Schwägerin, meinen herzlichen Dank für Deinen lieben Brief mit Inhalt und die schöne Bilder. Ich habe mich so gefreut dazu. Und dann willst Du gerne wissen ob ich auch für Deinen Bruder gebetet habe. Und wie habe ich bei ihm vor dem Bett gesessen und gebetet. Der liebe Gott möge mir ihn doch noch bei mir lasten weil all meiner Kinder im Krieg waren und ich dann doch ganz allein war. Aber der liebe Gott hat es anders gewählt. Er war immer von Verstand. Er sog immer nach unsern Kindern, als er gestorben ist. Da sind alle Kinder aus Krieg gekommen zur Beerdigung. Alle Schwiegersöhne waren auch alle mit. Habe ihm gefolgt. Er ist schön beerdigt geworden. Aber liebe Schwägerin für mich war es zu traurig dann ich hatte kein Pfennig Geld. Ich ging nach der Karrenkette und da sagten sie mir er sollte noch 3 Mark bezahlen und das hatte er nicht getan und kriegte kein Geld und keine von den Kindern hatte nicht weil sie alle in Krieg waren. Da hatte ich alles auf Abzahlung genommen. Die ganze Beerdigung und auch habe ich ein eigenes Grab auf Abzahlung genommen. Auch mit einem schönen Stein und einem Spruch im Stein. Ich schreibe Dir den Spruch wie er heißt. *Sein Schlafen und sein Sterben waren stets sein ganzes Leben.* Da habe ich lange an Abzahlen gemußt und Du weißt ja, liebe Schwägerin, daß es so wenig zu essen gab. War es bei Euch auch so oder hattet Ihr noch immer zu essen? Hier haben wir uns durchschlagen gemußt.

Und dann willst Du gern wissen wieviele Kinder ich habe. 8 habe ich gehabt. 3 sind im Krieg gefallen. Nun habe ich noch 3 Mädchen und ein Sohn. Der ist 35 Jahre. Der ist noch nicht verheiratet.

Nun, liebe Schwägerin, ich kann Dir wissen lassen, daß ich auch jetzt noch immer zur Kirche gehe und bete für Euch alle. Heute ist Neujahr. Gehe alle Woche hin. Das ist das einzige. Weiter habe ich auch nichts, denn meine Kinder haben alle selbst nichts. Ich lege Dir 2 Bilder mit ein. Die bekommen wir in der Kirche und, wann Sonnabend ist, gut Kuchen und Kaffee und Buch zum Singen kriegen. Da ist es schöne Stunde.

Liebe Schwägerin, nochmal besten Dank und schreibe mir auch bald mal wieder. Viele Grüße an Dich und Deine Kinder.

ANDERE FAMILIEN WIEDOW

Carl Wiedows Familie ist aus Glaisin ausgewandert; Carl wurde in Bellevue (heute Margarethenhof) geboren, sein Vater in Sülze, und sein Großvater in Kleeste (Brandenburg). Infolge meiner Forschungen betreffend dieser Familie, habe ich weitere Forschungen bezüglich drei weiterer Wiedow Familien betrieben – teils um die vier Familien einzuordnen, und manchmal um Mitglieder dieser Familien mit Familienforschungen zu helfen. Es handelt sich um eine Familie, die aus Leussow ausgewandert ist, welche im 18. Jahrhundert aus Bresegard stammte, und auch in Clayton County, Iowa eingesiedelte; eine zweite Familie, die aus Liepe, Grittel und Boek stammte und sich in der Nähe von Fairmont, Minnesota eingesiedelt hat; sowie eine dritte Familie, die heute noch in Bresegard lebt. Auf die Familie Wiedow aus Leussow wurde ich zugleich mit der Entdeckung der Unterlagen für die Familie Carl Wiedow aufmerksam gemacht. Sie wohnten auch im Clayton County, Iowa – und gingen zufällig in die Kirche, in die Carl Wiedow und seine Familie zuerst gingen. Diese Familie Wiedow aus Leussow ist ziemlich früh ausgewandert – bereits 1851, d. h. schon 17 Jahre früher als Carl Wiedow. Aber ich habe keine Hinweis gefunden (bei Taufen, Heiraten, usw.), daß es eine Beziehung zwischen diesen Familien gab. Der Mann, Johann, diente freiwillig von Oktober 1862 bis Mai 1865, in der Sechsten Kavallerie von Iowa. 1863/1864 hat diese Kavallerie die letzten zwei Schlachten gegen die Indianer in Iowa geschlagen. Entgegengesetzt zu Carl Wiedow, konnte er nicht schreiben – seine Unterschrift war ein X. Die Frau, Sophia Heidtmann, war besonders fruchtbar und stark. Ich habe Unterlagen über 17 Kinder gefunden; laut der Volkszählung von 1900 hatte sie 19 Kinder geboren; und laut den Kirchenbüchern ist das letzte Kind Nr. 21 gewesen! Trotzdem erreichte sie das Alter von 81 Jahren. Zwei Nachkommen, die von meinen Forschungen betreffs der Wiedow Familien gehört hatten, fragten bezüglich deren Herkunft.

März 1998, kurz nach meiner erste Veröffentlichung betreffend der Familie Carl Wiedow, wurde Frau Carol Madsen, eine Nachkomme einer Familie Wiedow, die sich in der Nähe von Fairmont, Minnesota angesiedelt hatte, aufmerksam. Sie schrieb mir und fragte an, ob ihre Familie vielleicht mit Carl Wiedow verwandt war. Sie wußte glücklicherweise ziemlich viel über ihre eingewanderten Vorfahren, d. h. recht genaue Namen und Geburtsdaten von ihrer Großmutter und deren vier Geschwistern, ihres Urgroßvaters und zweier Brüder, und ihrer Urgroßmutter. Sie wußte, daß die Familie aus Mecklenburg stammte, auch daß die Urgroßmutter aus Bockup stammte. Aber sie hatte keine Ahnung aus welchen Dörfern die Familie Wiedow stammte. Die Hinweise genügten um sehr schnell zu entdecken, daß diese Familie Wiedow aus Liepe stammt, sowie daß die Unterlagen keine Verbindung zur Familie Carl Wiedow zeigen. Trotz anderer Pflichten war es mir innerhalb von zwei Wochen möglich, eine Ahnentafel für Carol zurück bis zum Brand 1780 von der Eldenaerkirche zusammenzustellen. Im Juli 1998 habe ich Herrn Fritz Witt, wohnhaft in Radolfzell, aber gebürtig aus Liepe, getroffen – und habe ihn auf Carol und ihre Familie Wiedow aufmerksam gemacht. Carol war unglaublich glücklich! Herr Witt ist nicht nur gebürtig in Liepe, sondern auch Verfasser des Büchleins, „Dorfgeschichten aus Liepe.“ Die Sätze aus diesem Büchlein, die sich um Carols Familie handeln, habe ich für Carol übersetzt. Ein Vergleich der Ahnentafeln für Carol und für Witt zeigt, daß Carol und Witt gemeinsame Vorfahren haben; die neueste sind Carols Ururgroßeltern, Jochim Christian Wiedow und seine Frau Christina Elisabeth Jastram, 1808 in Dömitz verheiratet. Im Herbst 1998 hat Herr Witt Nachkommen dieser Familie Wiedow in Liepe besucht, von den Verwandten in Amerika erzählt und eine Kopie von Carols Aufzeichnungen über die Nachkommen von Friederich Wiedow geschenkt. Diese Familie besitzt heute noch drei Photos von ca. 1885 aus Amerika. Sie wußten, daß diese Photos von einem der ausgewanderten Wiedows stammten, aber hatten keine Ahnung, wer diese Leute waren. Von Kopien, die Herr Witt Carol geschickt hatte, konnte Carol das Haus und die Leute auf den Photos identifizieren.

2002 haben Rolf Gödecke (aus Hamburg), Fritz Witt und ich (alle drei mit Mecklenburg eng verbunden) eine zweitägige genealogische Tagung in Liepe gehalten. Carol Madsen war Ehrengast.

Die Familie Wiedow in Bresegard tauchte auf, als ich früh in der Forschungen vermutete, daß die Familie Carl Wiedow vielleicht aus Bresegard stammte. Das Interesse erlosch, als ich herausfand, daß Carl und diese Familie nicht verwandt waren – es flammte aber wieder auf, als Karin Wiedow aus Bresegard Interesse äußerte. Laut mündlicher Überlieferung ist ein Heinrich Wiedow von Bresegard spät im 19. Jahrhundert nach Amerika ausgewandert, betrieb sehr erfolgreich Tabakanbau und starb ohne Erben. Obwohl die Familie es versuchte, fand man nicht genug Details, um einen Erbanspruch geltend zu machen.

Anbei sind Ahnentafeln für die drei anderen Familien Wiedow.

Obwohl Daten für jüngere Generationen zur Hand sind, habe ich Anfangspunkte gewählt, die mindestens 100 Jahre zurückliegen. Beziehungen zwischen diesen vier Familien haben wir nicht gefunden. Rolf Gödecke und Friedrich-Wilhelm Witt trugen freundlicherweise wichtige Ergänzungen zu den Ahnentafeln der Familien Wiedow aus Liepe und Bresegard bei.

1st GENERATION

1 Charles Wiedow: b 1903

2nd GENERATION

2 Johan Karl Wiedow: b 23 Dec 1862 Garnavillo,Iowa; m Abt 1899
3 Agnes Krosling: b Abt 1879 Germany

3rd GENERATION

4 Johann Juergen Friedrich Christian Wiedow [Farmer]: b 23 Nov 1824 Leussow; m Aug 1851 Garnavillo,Iowa; d 21 Apr 1896 Garnavillo,Iowa
5 Friedrica Elisabeth Dorothea Catharina Heidtmann: b 7 Apr 1826 Leussow; d 21 Oct 1907 Garnavillo,Iowa

4th GENERATION

8 Johann Juergen Christian Wiedow [Knecht]: b 13 Jan 1800 Leussow; d 16 Nov 1857
9 Trien Maria Priederica Baetke: b 14 Dec 1800 Leussow; d 1876
10 Johann Friedrich Heidtmann [Rademacher]: b 29 Apr 1792 Redefin; m 26 Jun 1821 Leussow
11 Carolina Maria Charlotta Otten: b 9 Oct 1804 Leussow

5th GENERATION

16 Johann Peter Wiedow [Hauswirth]: b 21 Mar 1761 Bresegard; m 5 Dec 1794 Leussow; d 17 Nov 1829 Leussow
17 Ann Liese Saumann: b 11 Jun 1759 Goehlen
18 Cord Jochen Baetke [Einwohner]: b 7 Mar 1766 Leussow; m 14 Jan 1800 Leussow
19 Trien Liese Schmidt: b 5 May 1769 Leussow
20 Juergen Ernst Heidtmann [Einwohner]: b Redefin; m 22 Jan 1790 Alt Jabel
21 Dorothea Elisabeth Jewe: b Luebbendorf?
22 Diederich Otten [Rademacher]: b Abt 1775 ; d 16 Mar 1819 Leussow
23 Anna Maria Schoen: b 22 Nov 1780 Neuhof

6th GENERATION

32 Hans Juergen Wiedow [Hauswirth]: b Abt 1723 ; d 21 May 1790 Bresegard
33 Anna Ilsabe Geister: b Abt 1727 ; d 19 Oct 1797 Bresegard
34 Claas Juergen Saumann [Hauswirth]: b 22 Feb 1719 Goehlen?; m 9 Nov 1745 Leussow; d 17 May 1776 Goehlen
35 Trien Liese Schroeder: b 16 Jun 1728 Goehlen; d 28 Jan 1808 Goehlen
36 Hans Jochen Cord Baetke [Knecht]: b Lenzwisch,Brandenburg; m 16 Nov 1764 Leussow
37 Ann Liese Schlubeck: b Leussow?
38 Johann Friderich Schmidt [Huthmann]: b 15 May 1744 Loosen; m 22 Feb 1765 Leussow
39 Julian Lies Thees: b 14 Feb 1748 Goehlen
40 Hans Jochim Heidtmann: m 29 Apr 1757 ; Alt Jabel
41 Cathrin Sophie Martens
42 Jochim Christian Jewe [Hauswirth]

7th GENERATION

68 Jochim Saumann [Hauswirth]: c 24 Jan 1679 Leussow; m 18 Nov 1710 Leussow
69 Catrin Dorothia Luethe: c 1 Jan 1689 Leussow
70 Christian Schroeder [Hauswirth]: c 18 Sep 1680 Leussow; m 1 Dec 1715 Leussow; d Bef 1746 Goehlen
71 Catrin Dorothea von Sinnen: c 3 Feb 1692 Leussow; d 3 Nov 1743 Goehlen
72 Christian Baetke [Einwohner]
74 Jakob Schlubeck [Zimmermann]: d Bef 1765
76 Peter Schmidt [Hauswirth]: c 14 Apr 1705 Leussow; m 20 May 1732 Leussow

77 Ann Ilse Busche: c 22 Jan 1712 Leussow
78 Erdmann Friedrich Thees [Hauswirth]: c 13 Oct 1683 Leussow; m 4 Dec 1744 Leussow
79 Dorothea Palms: c 1 Sep 1711 Leussow

8th GENERATION

136 Hans Saumann: m 2 Nov 1674 ; Leussow
137 Catrin Palms
138 Hans Luethe
139 Catrin Mincke
140 Christian Schroeder: b Goehlen?; m 28 Oct 1678 Leussow
141 Anna Benuer
142 Hans von Sinnen [Hauswirth]: m 12 Jul 1676 ; Leussow
143 Ilse Saumann
152 Peter Schmidt [Hauswirth]: m 18 Nov 1691 ; Leussow
153 Sophia Losen
154 Jochim Busche [Hauswirth]: m 8 Nov 1707 ; Leussow
155 Cathrin Sasch
156 Hans Thees
157 Catrin Bodker (?)
158 Hinrich Palms [Schneider]: m 22 Nov 1700 ; Leussow
159 Catrin Warncken

1st GENERATION

1 Martha Wilhelmina Minna Wiedow: b 30 Sep 1882 Bockup; m 23 Sep 1902 ; d 14 May 1943 Lake Belt Township, Martin County,Minnesota

2nd GENERATION

2 Friederich Jochim Juergen Wiedow [Farmer]: b 8 Jul 1852 Liepe; d 1 Sep 1889 Ceylon,Minnesota
3 Maria Dorothea Katharina Stolte: b 25 Sep 1852 Bockup; d 22 Mar 1935 Lake Belt Twp,Minnesota

3rd GENERATION

4 Johann Jochim Wiedow [Buedner]: b 12 May 1809 Grittel; m 8 Apr 1842 Eldena; d 12 Apr 1889 Liepe
5 Marie Dorothee Boettcher: b 21 Feb 1813 Boeck; d 5 Apr 1883
6 Johann Joachim Juergen Franz Stolte [Buedner]: b 7 Mar 1821 Bockup; m 21 Nov 1851 Bockup; d 6 Aug 1878
7 Anna Carolina Katharina Sophia Lucia Eva Schult: b 10 Feb 1823 Polz

4th GENERATION

8 Jochim Christian Wiedow [Hauswirth]: b 3 Nov 1763 Boek; m 29 Jan 1808 Eldena; d 21 Apr 1839 Grittel
9 Christina Elisabeth Jastram: b 29 Sep 1780 Polz; d 4 Jan 1818 Grittel
10 Johan Jacob Boettcher [Hauswirth]: b 9 Mar 1773 Boek; m 19 Jun 1792 Gorlosen; d 15 Feb 1838 Boek
11 Marie Dorthie Benoer: b 4 Mar 1772 Goehlen; d 31 Jan 1841 Boek
12 Jacob Heinrich Stolte [Einwohner]: b 5 Oct 1788 Suelze; m 6 Dec 1816 Bockup
13 Anna Elisabeth Becker: b 26 Oct 1790 Strassen
14 Juergen Heinrich Schult [Hauswirth]: b 30 Nov 1780 Polz; m 17 Apr 1812 Doemitz
15 Elisabeth Dorothea Wiedow: b 24 Aug 1792 Grittel

5th GENERATION

16 Johann Jochim Jacob Wiedow [Schulze]: b 1720 Boek
17 Catharina Maria Franck: b Abt 1726 ; d 2 Nov 1784 Boek
18 Johann Hartwig Jastram [Hausmann]: b Strassen?; m 7 Nov 1769 Doemitz
19 Liese Dorthie Rieve: c 13 Sep 1747 Doemitz
20 J. Niklas Boettcher [Hauswirth]: b Abt 1729 ; d 25 Jan 1799 Boek
21 M. Brencken: b Abt 1733 ; d 9 Oct 1793 Boek
22 Jochim Christian Benoer [Hauswirth]: c 16 Feb 1723 Leussow; m 15 Feb 1771 Leussow
23 Marie Greth Schroeder: b Abt 1732 ; d 22 May 1776 Goehlen
24 Friedrich Stolte [Arbeitsmann]
25 Dorothea Kaakstein
26 Jochen Christian Becker [Einwohner]: c 7 Aug 1752 Conow; m 11 Nov 1788 Eldena
27 Maria Elisabeth Meyer
28 Hinnerich Peter Schult [Hausmann]: c 30 Apr 1738 Doemitz; m 26 Nov 1767 Doemitz; d 10 Nov 1799 Polz
29 Trien Ilsche Fehrmann: c 30 Apr 1738 Doemitz; d 14 Nov 1811 Polz
30 Jochim Christian Wiedow [Hauswirth]: b 3 Nov 1763 Boek; m 23 Jul 1789 Eldena; d 21 Apr 1839 Grittel
31 Anna Catharina Jastram: b Abt 1757 ; d 27 Oct 1807 Grittel

6th GENERATION

36 Jochim Jastram [Hausmann]: b Abt 1710 ; bu 25 May 1784 Eldena
37 Marckwardt: bu 25 May 1784 ; Eldena
38 Hans Juergen Rieve [Hausmann]: c 27 Dec 1717 Doemitz; m 27 Oct 1746 Doemitz
39 Agneta Jastram: b Abt 1720 Grittel?
44 Hans Benoer [Hauswirth]: b Goehlen?; m 25 Nov 1721 Leussow
45 Catharina Duede
52 Martin Becker [Hauswirth]: m 2 Dec 1749 ; Conow

53 Anna Margaretha Karmaus: b Dec 1708 Niendorf
54 Jochim Jacob Meyer [Buedner]: b Abt 1734 ; d 4 Jan 1813 Strassen
56 Jacob Schult: m 18 Nov 1717 ; Doemitz; d Bef 1756
57 Trien Lise Francke
58 Hans Hinrich Fehrmann [Vieter]: c 5 Sep 1697 Doemitz; m 10 Jul 1737 Doemitz
59 Catharina Ilsabe Stoeter
60 Johann Jochim Wiedow [Schulze]
61 Catharina Maria Franck: b Abt 1726 ; d 2 Nov 1784 Boek
62 Peter Jacob Jastram [Hauswirth]

7th GENERATION

76 Jochim Rieve [Hausmann]: b Mar 1676 Polz; m 22 Nov 1713 Doemitz
77 Catharina Albers
78 Jochim Jastram [Hausmann]: b Grittel?; bu 21 May 1782 Eldena
88 Jochim Benoer: m 30 Oct 1676 ; Leussow
89 Maria Kofahls
104 Martin Becker [Hauswirth]
106 Jochim Karmaus [Hauswirth]: b Niendorf?; m 17 Oct 1699 Conow
107 Trin Lies Schult
116 Otto Johan Fehrmann [Schuster]: m 25 Sep 1696 ; Doemitz; d 18 Jan 1739
117 Anna Albrechts: d 7 Dec 1738
118 Hinrich Stoeter [Hausmann]

8th GENERATION

152 Jochim Rieve [Einlieger]: m 14 Oct 1673 ; Doemitz
153 Catharina Albers
212 Peter Karmaus
214 Peter Schult

9th GENERATION

304 Asmus Rieve
306 Hans Albers [Ackersmann]
307 Catharina Baliken

1st GENERATION

1 Otto Johannes Wilhelm Karl Wiedow: b 26 Jul 1909 Bresegard; d 16 Oct 1985 Bresegard

2nd GENERATION

2 Heinrich Friedrich Erdman Wiedow: b 20 Apr 1879 Bresegard; m 29 Nov 1907 Bresegard; d 22 Mar 1954 Bresegard
3 Martha Frieda Elisabeth Marie Westphal: b 10 Feb 1886 Bresegard; d 15 Jan 1973 Bresegard

3rd GENERATION

4 Johann Christian Friederich Wiedow [Hauswirth]: b 21 May 1838 Bresegard; m 2 Sep 1873 Eldena; d 8 Jul 1900 Bresegard
5 Dorothea Marie Wilhelmine Hinrichs: b 12 Jan 1851 Conow; d 2 Oct 1932 Bresegard
6 Carl August Wilhelm Westphal: b 23 Dec 1852 Neu Karstaedt; m 13 Feb 1880 Eldena
7 Dorothea Carolina Wilhelmine Stiel: b 14 Apr 1863 Bresegard

4th GENERATION

8 Jochim Christian Wiedow: b 28 Dec 1811 Bresegard; m 20 Jun 1837 Eldena; d 22 Oct 1876 Bresegard
9 Charlotte Catharina Elisabeth Bruening: b 22 Jan 1812 Croon
10 Johann Jochim Erdman Hinrichs: b 28 Sep 1815 Conow; m 1 Dec 1840 Conow; d 5 Mar 1884 Conow
11 Katharina Elisabeth Dorothea Timmermann: b 10 Dec 1815 Alt Krenzlin; d 8 Jun 1888
12 Johann Joachim Christian Friedrich Westphal [Buedner]: b 4 Aug 1820 Karstaedt
13 Anna Catharina Sophia Dorothea Gaeth: b Leussow
14 Johann Jochim Jacob Stiel: b 21 May 1833 Bresegard; m 3 Feb 1860 Eldena; d 24 Aug 1865 Bresegard
15 Maria Dorothea Johanna Schroeder: b 24 Sep 1837 Glaisin

5th GENERATION

16 Jochim Christoph Wiedow: c 1 Nov 1782 Eldena; m 3 Dec 1805 Eldena; d 15 Nov 1813 Bresegardt
17 Catharina Dorothea Dien: b 24 Apr 1786 Bresegardt
18 Johann Friederich Bruening [Hauswirth]: b 14 Aug 1783 Krohn; m 29 May 1809 Eldena
19 Catharina Margaretha Elisabeth Luetcke: b 27 Aug 1779 Niendorf; d 30 Mar 1839 Krohn
20 Jochim Erdman Hinrichs [Hauswirth]: b 2 Aug 1780 Grebs; m 24 Jan 1804 Conow; d 12 Apr 1834 Conow
21 Catharina Elisabeth Sass: b 1 Jan 1779 Conow; d 11 Aug 1839
24 Carl August Westphal
25 Sophia Dreier
28 Johann Heinrich Stiel [Hauswirth]: b 8 Nov 1800 Bresegard; m 23 Jul 1830 Eldena; d 24 Oct 1841 Bresegard
29 Elisabeth Maria Hann: b 10 Oct 1812 Malk
30 Johann Juergen Daniel Schroeder [Einwohner]: b 30 Jan 1806 Glaisin; m 1 Mar 1836 Eldena
31 Maria Elisabeth Schneider: b 1 Jan 1808 Glaisin

6th GENERATION

32 Jochim Wiedow [Hauswirth]: b 1747 Bresegardt; d 28 Oct 1828 Bresegardt
33 Anna Catharina Jungbluth: c 10 Jul 1758 Conow; d 31 Dec 1836 Bresegard
34 Hans Jacob Dien [Hauswirth]: b Abt 1756 ; m 23 Nov 1784 Eldena; d 17 Mar 1816 Bresegard
35 Maria Dorothea Jungbluth: c 18 Sep 1761 Conow
36 Hans Christian Bruening [Hauswirth]: b Abt 1751 ; d 8 Aug 1813 Krohn
37 Catharina Elisabeth Timm: b 10 Jun 1762 Glaisin
38 Johann Hinrich Luetcke [Schulze]: m 5 Dec 1765 ; Gross Laasch
39 Magdalena Charlotte Klaehn: b Balow?
40 Peter Jacob Hinrichs [Hauswirth]: m 24 Nov 1778 ; Conow
41 Lehn Ilse Jacobs

56 Johann Juergen Stiel: b 1769 Bresegard; m 20 Nov 1798 Bresegard
57 Maria Elisabeth Hinrichs: b 25 Feb 1786 Grebs; d 8 Oct 1815
58 Jochim Christian Hann [Hauswirth]: b 25 Jul 1772 Malk; m 23 Nov 1808 Malk; d 3 Jan 1848 Malk
59 Christina Maria Fehlandt: b 29 Dec 1782 Liepe; d 16 Apr 1858
60 Daniel Hinrich Schroeder: b 1755/1759 Goehren; m 29 Nov 1796 Eldena; d 24 Nov 1832 Glaisin
61 Anna Maria Moeller: b Abt 1777
62 Hans Hinrich Schneider: m 23 Nov 1792 ; Eldena
63 Maria Elisabeth Timm

7th GENERATION

64 Christian Wiedow
66 Jacob Friedrich Jungbluth: c 29 Jul 1724 Conow; m 19 Nov 1754 Conow
67 Anne Margarethe Frarch: b Woosmer?
68 Hans Jacob Dien: bu 14 Feb 1782 ; Eldena
69 Maria Haevelman: b Abt 1734 ; d 10 Nov 1809 Bresegardt
70 Same as individual #66
71 Same as individual #67
120 Christian Schroeder [Schulze]: b Abt 1718 ; d May 1784 Goehren
121 Maria Ilsabe Ludemann: b Abt 1728 ; d 8 Apr 1797 Goehren
122 Peter Adolph Moeller [Hauswirth]
124 Hans Hinrich Schneider [Hauswirth]
126 Johann Hinrich Timm [Hauswirth]

8th GENERATION

132 Johan Detlov Jungbloht: b Niendorf?; m 16 Nov 1723 Conow
133 Trien Lies Schult: c 1 Jul 1695 Conow
134 Erdmann Frarch
240 Adolph Schroeder [Schulze]
244 Jochim Diederich Moeller

9th GENERATION

266 Andreas Schult: m 13 Nov 1694 ; Conow
267 Eva Gret Jastram: b Wilkenstorf?

10th GENERATION

532 Andreas Schult
534 Geert Jastram

Die Familie Gillhoff

Dieser Anhang beginnt mit meinen Worten des Gedenkens am Grab von Johannes Gillhoff in Ludwigslust anläßlich der Gillhoff-Tage 2002. Es folgt die Ahnentafel Johannes Gillhoffs – soweit mir die Daten bekannt sind. Wir sehen, daß vier Generationen seiner väterlichen Vorfahren Lehrer waren und daß sein Urgroßvater, Johan Jürgen Schütt, Schulmeister war. Dann folgt ein Familienblatt für den alten Lehrer, Gottlieb Gillhoff; es erklärt die Beziehungen zwischen den Geschwistern, die in den Gillhoffschen Briefen (Kapitel 4 und 5) erwähnt sind. Der Anhang schließt mit der Nachkommentafel für Johann Gillhoff, die ich nach neun Generationen beendet habe, und der Nachkommentafel für Johan Jürgen Schütt, die ich nach fünf Generationen beendet habe. Die letzte Tafel erklärt die Beziehung zwischen Gottlieb Gillhoff und Dorothea (Schütt) Roesch und daß Gottlieb ein leiblicher Vetter von Dorothea war. Die Ahnentafel der Familie Gillhoff ist wesentlich von Rolf Gödecke zusammengestellt; die Familie Gillhoff besorgte freundlicherweise viele der entsprechenden Daten.

Johannes Gillhoff (1861-1930)

Wir haben uns versammelt, um uns an das Leben unseres allseits beliebten Johannes Gillhoff, der vor 141 Jahren in Glaisin geboren und vor 72 Jahren in Parchim gestorben ist, zu erinnern und ihn zu feiern. Wir erinnern uns im Besonderen an seine Beiträge zur Erhaltung der Mecklenburgischen Volkskunde – seine Tätigkeit als Schriftsteller von Volksliteratur und als Redakteur der Mecklenburgischen Monatshefte. Sein bekanntester literarischer Beitrag ist „Jürnjakob Swehn, der Amerikafahrer,“ der großenteils auf den Briefen von einem Iowa Farmer an seinen ehemaligen Lehrer in Glaisin, Gottlieb Gillhoff, Vater des Johannes, basiert ist. Wir haben gezeigt, daß der Hauptbriefschreiber ein gewisser Carl Wiedow war, der dreizehn Jahre im County in Iowa gewohnt hatte, wo ich geboren und groß geworden bin. Das bekannteste Kapitel im Buch ist „Am Sterbebett der Mutter." In meiner heimischen Bibliothek habe ich vielgenutzte Kopien von zwei Lesebüchern, „Hannoversches Lesebuch," Auflage 1927, sowie „Lesebuch für preußische Mittelschulen," Auflage 1928. Beide enthalten Gillhoffs „Am Sterbebett der Mutter." Durch solche Lesebücher haben überall in Deutschland Schüler Jürnjakob Swehn und Johannes Gillhoff kennen gelernt. Dieses Kapitel hat Johannes Gillhoff selbst geschrieben – es war nicht ein Brief von Iowa, der von Johannes Gillhoff bearbeitet war. In seinem Stück, „Aus Johannes Gillhoffs letztem Jahr," zwei Monate nach Gillhoffs Tod veröffentlicht, schrieb H. K. A. Krüger: „Wir kamen auch auf das Kapitel vom Tode der Mutter zu sprechen, an dem ich die Schlichtheit und das Vermeiden jeglicher Sentimentalität hervorhob. Nach meiner Empfindung das Feinste des ganzen Werkes."

Gillhoff: „Ja, das hat mir aber auch am meisten Arbeit gemacht. Die erste Niederschrift befriedigte mich gar nicht. Allmählich sagten sie mir mehr zu. So sind fünf bis sechs Entwürfe entstanden."

„Geht es um Wiedows Mutter?"

„Nein. Er hat seine Mutter allerdings nachkommen lassen. Aber einen Teil des Stoffes habe ich von drüben. Dann das Sterben meiner Mutter; ich kam gerade rechtzeitig, die letzten Nachtwachen bei ihr zu tun. Und dann habe ich noch Schilderungen in das Kapitel verwoben, die ich in der Familie hörte. Doch das Zusammenschweißen machte mir große Mühe. Daher die vielen Niederschriften. Dafür ist das Kapitel am bekanntesten geworden und hat am meisten für das Buch geworben, denn es ging durch viele Blätter."

Angaben im Kapitel deuten an, daß Jürnjakobs Mutter am Mittwoch, dem 12.04.1905 begraben wurde. Man erfährt auch, daß sie 72 Jahre, 6 Monate und 5 Tage alt geworden ist. Mit diesen Angaben versuchte ich die Mutter zu identifizieren. Aber eine Recherche der Register in Clayton County, Iowa war erfolglos. Später, nachdem ich gelesen hatte, daß Gillhoff nicht Jürnjakobs Mutter, sondern seine Mutter im Sinn hatte, bemerkte ich, daß Gillhoffs Mutter am 12.04.1905 gestorben ist. Die

Beerdigung fand 70 Jahre, 6 Monate und 5 Tage nach ihrer Geburt statt.

Mit Hilfe von Werner Schnoors Beschreibung in seinem Stück, „Auf den Spuren des Jürnjakob Swehn,“ besuchte ich 1990 die Gräber von Johannes Gillhoffs Eltern zum ersten Mal. Sie ruhen in einem Feld am Rande des Dorffriedhofs von Glaisin. Die Grabinschrift besagt, daß Gottlieb Gillhoff von 1854 bis 1908 Lehrer in Glaisin war, daß er 1832 in Glaisin geboren ist und daß er 1915 in Bremen gestorben sei. Aber mein erster Besuch an Johannes Gillhoffs Grab mußte bis 1997 warten; ich habe es mit Hilfe einer entfernten Kusine, Lisbeth Künzel, die mehrere Jahren hier in Ludwigslust gewohnt hatte, und die ich zufällig 1990 in Ludwigslust getroffen hatte, gefunden.

In meiner heimischen Bibliothek habe ich auch eine kleine Sammlung verschiedener Auflagen von „Jürnjakob Swehn,“ manche mehr genutzt als andere. Die meistgenutzte Kopie, die ich je gesehen habe, ist übrigens im Pfarrhaus in Eldena. Offensichtlich ist dieses Buch tausend Mal vom Regal genommen und gelesen worden. In einem der Bücher in meiner Bibliothek gibt es eine Inschrift von einer Mutter an den Sohn, mit Datum 8 Dezember 1958. Mit dieser Inschrift möchte ich heute schließen: „Das hat der Mensch gern in seinem Herzen, wenn er da glücklich sein kann,“ sagt mein lieber alter Freund Jürnjakob. Möchtest Du glücklich sein in Deinem Herzen, mein lieber Carsten, und diesen Freund ebenso liebgewinnen wie Deine Mutter.

1st GENERATION

1 Johannes Heinrich Carl Christian Gillhoff: b 24 May 1861 Glaisin; d 16 Jan 1930 Parchim

2nd GENERATION

2 Georg Gottlieb Johann Heinrich Gillhoff [Lehrer]: b 23 Nov 1832 Glaisin; m 23 May 1856 Eldena; d 13 Jan 1915 Bremen
3 Helmina Maria Friederica Martens: b 7 Oct 1834 Borgfeld bei Stavenhagen; d 8 Apr 1905 Glaisin

3rd GENERATION

4 Johann Christian Peter Gillhoff [Lehrer]: b 24 Aug 1800 Matzlow; m 18 Jul 1828 Eldena; d 12 Jun 1853 Glaisin
5 Maria Dorothea Schuett: b 14 Feb 1799 Karenz; d 10 Dec 1863 Glaisin
6 Johann Friedrich Martens [Organist und Kuester]: b 1808 ; d 1881
7 Karoline Libnow: d 1882

4th GENERATION

8 Hans Joachim Christian Gillhoff [Lehrer]: b 17 Oct 1777 Matzlow; m 8 Nov 1799 ; d 11 Oct 1842 Matzlow
9 Anna Maria Lietz: b 29 Sep 1781 Matzlow; d 25 Dec 1833 Matzlow
10 Johan Juergen Schuett [Schulmeister]
11 Anna Margaretha Catharina Mau

5th GENERATION

16 Caspar Christian Gillhoff [Lehrer]: b 23 Jul 1734 Spornitz; m 26 Oct 1759 ; d 1818 Matzlow
17 Catharina Dorothea Missfeld
18 Friedrich L. Lietz [Arbeitsmann und Hauswirth]

6th GENERATION

32 Jochim Gillhoff [Bauer]: b 14 Oct 1689 Spornitz; m 21 Nov 1724 ; d 6 Aug 1754 Spornitz
33 Ann Elisabeth Moeller: b 2 Aug 1701 Spornitz; d Oct 1777 Spornitz
34 Johann Missfeld [Tageloehner]

7th GENERATION

64 Johann Gillhoff [Bauer]: m 1681
65 Maria Ahrens
66 Jochim Moeller [Hauswirth und Schneider]

8th GENERATION

128 Johann Gillhoff [Schultze]
129 Anna Schroeder
130 Ahrens [Hausmann]

9th GENERATION

258 Jochim Schroeder [Bauer]

```
HUSBAND Georg Gottlieb Johann Heinrich Gillhoff [Lehrer]

BIRTH:  23 Nov 1832         PLACE: Glaisin
CHR.:   25 Nov 1832         PLACE: Eldena
MAR.:   23 May 1856         PLACE: Eldena
DEATH:  13 Jan 1915         PLACE: Bremen
BURIAL:                     PLACE: Glaisin                                          Parent Link Type: (B)
FATHER: Johann Christian Peter Gillhoff [Lehrer]        MOTHER: Maria Dorothea Schuett
OTHER WIVES:

WIFE    Helmina Maria Friederica Martens

BIRTH:   7 Oct 1834         PLACE: Borgfeld bei Stavenhagen
CHR.:                       PLACE:
DEATH:   8 Apr 1905         PLACE: Glaisin
BURIAL: 12 Apr 1905         PLACE: Glaisin                                          Parent Link Type: (B)
FATHER: Johann Friedrich Martens [Organist und Kuester]     MOTHER: Karoline Libnow
OTHER HUSBANDS:

CHILDREN

 1. NAME: Friedrich Wilhelm Ludwig Gillhoff                                         Parent Link Type: (B)
--- BIRTH:   7 Apr 1857          PLACE: Glaisin
 M  CHR.:                        PLACE:
    MAR.:                        PLACE:
    DEATH:  1947                 PLACE:
    BURIAL:                      PLACE:
    SPOUSE: Magdalene Flass

 2. NAME: Gottlieb Ludwig Theodor Johann Gillhoff [Lehrer]                          Parent Link Type: (B)
--- BIRTH:  25 Jun 1859          PLACE: Glaisin
 M  CHR.:   10 Jul 1859          PLACE: Eldena
    MAR.:   11 Nov 1892          PLACE: Neustadt
    DEATH:  1903                 PLACE:
    BURIAL:                      PLACE:
    SPOUSE: Auguste Johanna Luise Rehberg

 3. NAME: Johannes Heinrich Carl Christian Gillhoff                                 Parent Link Type: (B)
--- BIRTH:  24 May 1861          PLACE: Glaisin
 M  CHR.:    4 Jun 1861          PLACE: Eldena
    MAR.:                        PLACE:
    DEATH:  16 Jan 1930          PLACE: Parchim
    BURIAL:                      PLACE: Ludwigslust
    SPOUSE:

 4. NAME: Carl Ludwig Friederich Wilhelm Gillhoff                                   Parent Link Type: (B)
--- BIRTH:   6 Apr 1863          PLACE: Glaisin
 M  CHR.:                        PLACE:
    MAR.:                        PLACE:
    DEATH:  1945                 PLACE:
    BURIAL:                      PLACE:
    SPOUSE:

 5. NAME: Carl Gustav Friedrich Heinrich Gillhoff                                   Parent Link Type: (B)
--- BIRTH:  27 Jul 1865          PLACE: Glaisin
 M  CHR.:                        PLACE:
    MAR.:    1 Oct 1897          PLACE: Spornitz
    DEATH:  1944                 PLACE:
    BURIAL:                      PLACE:
    SPOUSE: Helene Bruesehafer

 6. NAME: Helene Sophie Caroline Dorothea Gillhoff                                  Parent Link Type: (B)
--- BIRTH:  14 Jun 1867          PLACE: Glaisin
 F  CHR.:                        PLACE:
    MAR.:                        PLACE:
    DEATH:   6 Jan 1871          PLACE: Glaisin
    BURIAL:                      PLACE:
    SPOUSE:

Records of: Eldon L. Knuth
            18085 Boris Drive
            Encino, CA 91316
            USA

Parent Link Types: (B)=Biological, (A)=Adopted, (G)=Guardian, (C)=Challenged, (D)=Disproved
```

FAMILY GROUP RECORD FOR GEORG GOTTLIEB JO GILLHOFF/HELMINA MARIA FRIE MARTENS - GILLHOFF.PAF 21 Jan 2005 Page 2 of 2

HUSBAND Georg Gottlieb Johann Heinrich Gillhoff [Lehrer] Yr of Birth 1832
WIFE Helmina Maria Friederica Martens Yr of Birth 1834

CHILDREN (continued)

7. NAME: Theodor Friedrich Carl Johann Gillhoff [Lehrer] Parent Link Type: (B)
--- BIRTH: 15 Oct 1869 PLACE: Glaisin
M CHR.: PLACE:
MAR.: PLACE:
DEATH: 1959 PLACE:
BURIAL: PLACE:
SPOUSE: Mary Joergine Jensine Olsen

HUSBAND Georg Gottlieb Johann Heinrich Gillhoff [Lehrer]

WIFE Helmina Maria Friederica Martens

CHILD 1 Friedrich Wilhelm Ludwig Gillhoff

CHILD 2 Gottlieb Ludwig Theodor Johann Gillhoff [Lehrer]

CHILD 3 Johannes Heinrich Carl Christian Gillhoff

CHILD 4 Carl Ludwig Friederich Wilhelm Gillhoff

CHILD 5 Carl Gustav Friedrich Heinrich Gillhoff

CHILD 6 Helene Sophie Caroline Dorothea Gillhoff

CHILD 7 Theodor Friedrich Carl Johann Gillhoff [Lehrer]

DESCENDANCY CHART FOR JOHANN GILLHOFF [SCHULTZE] - GILLHOFF.PAF 21 Jan 2005 Page 1 of 1

Name (Birth/Chr.-Death/Burial) Birth/Chr. Place

1-- Johann Gillhoff [Schultze] (-)
sp-Anna Schroeder (-)
2-- Johann Gillhoff [Bauer] (-)
sp-Maria Ahrens (-)
3-- Jochim Gillhoff [Bauer] (1689-1754) Spornitz
sp-Ann Elisabeth Moeller (1701-1777) Spornitz
4-- Caspar Christian Gillhoff [Lehrer] (1734-1818) Spornitz
sp-Catharina Dorothea Missfeld (-)
5-- Hans Joachim Christian Gillhoff [Lehrer] (1777-1842) Matzlow
sp-Anna Maria Lietz (1781-1833) Matzlow
6-- Johann Christian Peter Gillhoff [Lehrer] (1800-1853) Matzlow
sp-Maria Dorothea Schuett (1799-1863) Karenz
7-- Auguste Anna Maria Dorothea Gillhoff (1830-1863) Glaisin
7-- Georg Gottlieb Johann Heinrich Gillhoff [Lehrer] (1832-1915) Glaisin
sp-Helmina Maria Friederica Martens (1834-1905) Borgfeld bei Stavenhagen
8-- Friedrich Wilhelm Ludwig Gillhoff (1857-1947) Glaisin
sp-Magdalene Flass (1860-1937) Serrahn
9-- Magdalene Gillhoff (1889-) Schwaan
9-- Johannes Gillhoff (1892-) Gehlsdorf bei Rostock
8-- Gottlieb Ludwig Theodor Johann Gillhoff [Lehrer] (1859-1903) Glaisin
sp-Auguste Johanna Luise Rehberg (1866-1941) Klein Laasch
9-- Martha Marie Helene Gillhoff (1893-)
9-- Friedrich Karl Johannes Gillhoff (1894-) Raddenfort
9-- Karl August Erich Friedrich Gillhoff (1896-1899) Raddenfort
9-- Marie Anna Klara Sophie Gillhoff (1898-) Raddenfort
8-- Johannes Heinrich Carl Christian Gillhoff (1861-1930) Glaisin
8-- Carl Ludwig Friederich Wilhelm Gillhoff (1863-1945) Glaisin
8-- Carl Gustav Friedrich Heinrich Gillhoff (1865-1944) Glaisin
sp-Helene Bruesehafer (1872-) Spornitz
9-- Margareta Frieda Helmine Luise Berta Gillhoff (1898-) Schwaan
9-- Gerhard Gillhoff (1901-) Schwaan
9-- Eva-Maria Johanna Paula Frieda Gillhoff (1904-) Schwaan
9-- Erika Magdalena Theodora Johanna Gillhoff (1906-) Schwaan
8-- Helene Sophie Caroline Dorothea Gillhoff (1867-1871) Glaisin
8-- Theodor Friedrich Carl Johann Gillhoff [Lehrer] (1869-1959) Glaisin
sp-Mary Joergine Jensine Olsen (1874-)
9-- Gunnar Gottlieb Gustav Gillhoff (1902-) Gehlsdorf bei Rostock
9-- Willi Gillhoff (1904-1905) Gehlsdorf bei Rostock
9-- Gerd Karl Wilhelm Aage Gillhoff (1906-) Gehlsdorf bei Rostock
7-- Louise Amalia Maria Gillhoff (1834-1892) Glaisin
7-- Carl Johannes Christian Gillhoff (1837-1837) Glaisin
7-- Catharina Wilhelmina Lucia Gillhoff (1838-1894) Glaisin
2-- Dorothea Gillhoff (1673-1760)

DER AUTOR

Professor Knuth ist im Clayton County, Iowa geboren und aufgewachsen. In der letzten Hälfte des neunzehnten Jahrhunderts war Clayton County das Ziel zahlreicher Auswanderer aus Mecklenburg, einschließlich vieler aus der Kirchengemeinde von Eldena. Betrachtet man sowohl seine angenommene Familie (Knuth – Becker) als auch seine Geburtsfamilie (Koevenig – Oldag), sieht man, daß 15 seiner Vorfahren entweder von Mecklenburg oder Vorpommern ausgewandert sind. (Siehe die Tafel am Ende dieses Anhangs.) Geburtsorte dieser eingewanderten Vorfahren sind Dörfer wie Alt Krenzlin, Conow, Eldena, Göhren, Grebs, Hornkaten, Lübesse, Lüblow und Warlow. Zuhause war Mecklenburger Platt die Umgangssprache; Englisch lernte Prof. Knuth erst in der Schule.

Nach der Oberschule und einem Semester auf der Universität wurde er 1943 in die US-amerikanische Armee eingezogen. Zwei Jahre später kehrte er zum Studium zurück und promovierte 1953 am California Institute of Technology zum Doktor der Aeronautics. Nach drei Jahren in der Raumfahrtindustrie erhielt er eine Professur an der University of California in Los Angeles, wo er bis zur Emeritierung im Jahre 1991 in der Abteilung Ingnieurwesen und Angewandte Wissenschaft tätig war. Seine Veröffentlichungen zählen über einhundert.

Prof. Knuths Forschungen wurden 1975 durch eine Auszeichnung der Alexander von Humboldt Stiftung geehrt. Teil dieser Auszeichnung war ein einjähriges Stipendium (1975-76) als Gastwissenschaftler am Max-Planck-Institut für Strömungsforschung in Göttingen. Seitdem ist er jährlich zu Gast beim MPI gewesen. Während seines Aufenthaltes 1975-76 besuchte

Prof. Knuth Mecklenburg zum ersten Mal. In Schwerin wurde er auf das Buch „Jürnjakob Swehn, der Amerikafahrer“ aufmerksam gemacht. Er war überzeugt, daß Swehn in Clayton County gewohnt hatte und begann sein Suchen nach Swehns wirklicher Identität. 1997, 150 Jahre nach Swehns Geburt und 80 Jahre nach dem Erscheinen des Buches, veröffentlichte Prof. Knuth auf Englisch nicht nur Beweise, daß Swehn doch ein Wiedow war, sondern auch Details bezüglich Swehns Leben und seiner Familie in Amerika. 1998 dokumentierte er diese Bestätigung auf Deutsch in der Zeitschrift *Mecklenburg*. Seitdem hat er weitere Forschungen über Swehns Vorfahren, Nachkommen und Geschwister unternommen.

Seine Ergebnisse, im Zusammenhang mit der Geschichte der Auswanderungen von Mecklenburg, hat er durch mehrere Vorträge und Veröffentlichungen, sowohl in Amerika als auch in Mecklenburg, präsentiert. „In Anerkennung der Leistungen zur Erforschung: Jürnjakob Swehn, der Amerikafahrer,“ wurde er 1999 zum Ehrenmitglied der Johannes-Gillhoff-Gesellschaft ernannt. 2002 hatten die Landsmannschaft Mecklenburg die Fritz-Reuter-Medaille und die Gemeinde Glaisin den Titel Ehrenbürger der Gemeinde Glaisin an Professor Knuth verliehen; anbei die Urkunde.

Vorfahren von E. L. Knuth, die von Mecklenburg-Vorpommern nach CLAYTON COUNTY, IOWA ausgewandert sind:

Angenommene Familie

Urgroßvater: Carl David Moritz Knuth,
geb. 16.04.1835, Nepsin
Urgroßmutter: Caroline Auguste Ernestine Dorothee Heiden,
geb. 13.01.1834, Priemen
Großvater: Hermann Max Carl Knuth,
geb. 22.04.1863, Upatel
Urgroßvater: Joachim Friedrich Heinrich Garms
geb. 20.09.1822, Göhren
Urgroßmutter: Katharine Elisabeth Johanna Schult,
geb. 07.08.1829, Grebs
Urgroßvater: Johann Heinrich Christoph Becker,
geb. 16.11.1819, Alt Krenzlin
Urgroßmutter: Catharina Maria Elisabeth Hanna Klähn,
geb. 13.09.1825, Hornkaten
Großvater: Heinrich Friedrich Wilhelm Becker,
geb. 22.09.1857, Warlow

Geburtsfamilie

Urgroßvater: Otto Johann Friedrich Blumhagen,
geb. 24.04.1837, Sandhagen
Urgroßmutter: Friedrike Caroline Christiane Stoltenburg,
geb. 02.03.1838, Kreckow
Großmutter: Christine Johanna Blumhagen,
geb. 18.10.1874, Strassburg (Meckl.-Strelitz)
Urgroßvater: Johann Wilhelm Friedrich Peter Oldag,
geb. 19.03.1839, Grebs
Urgroßmutter: Sophie Dorothe Elisabeth Föls,
geb. 24.10.1838, Marnitz
Urgroßvater: Johann Joachim Friedrich Koss,
geb. 28.11.1834, Alt Lüblow
Urgroßmutter: Elisabeth Maria Friedericke Wilke,
geb. 24.05.1841, Lübesse

Herrn Prof. Dr. Eldon L. Knuth

wird hiermit in dankbarer Anerkennung
der besonderen Verdienste
für unser Land Mecklenburg

die

Fritz-Reuter-Medaille

verliehen.

Ratzeburg, 8. Juni 2002

Landsmannschaft Mecklenburg

Die Gemeinde Glaisin
verleiht auf der Grundlage des Beschlusses der
Gemeindevertretersitzung vom 31. Mai 2002

Herrn Prof. Eldon L. Knuth

den Titel

Ehrenbürger

der Gemeinde Glaisin

In mühevoller Kleinarbeit hat Prof. Eldon L. Knuth das Urbild des Jürnjakob Swen ermittelt, damit die Gillhoff-Forschung ungemein bereichert und unser Dorf international bekannt gemacht. Seine Forschungsergebnisse veröffentlichte er und hielt mehrere Vorträge zur Migrationsgeschichte auf den Fachtagungen in Glaisin und anderen Orten Deutschlands und Amerikas. Professor Eldon L. Knuth gehört seit vielen Jahren zu den treuesten Freunden unseres Gillhoffdorfes.

Glaisin, den 08. Juni 2002

GEMEINDE GLAISIN 2 LANDKREIS LUDWIGSLUST

J. Behrends
Bürgermeister

U. Baarck
Stellv. Bürgermeister